中央站

중앙역

金惠珍——著
簡郁璇——譯

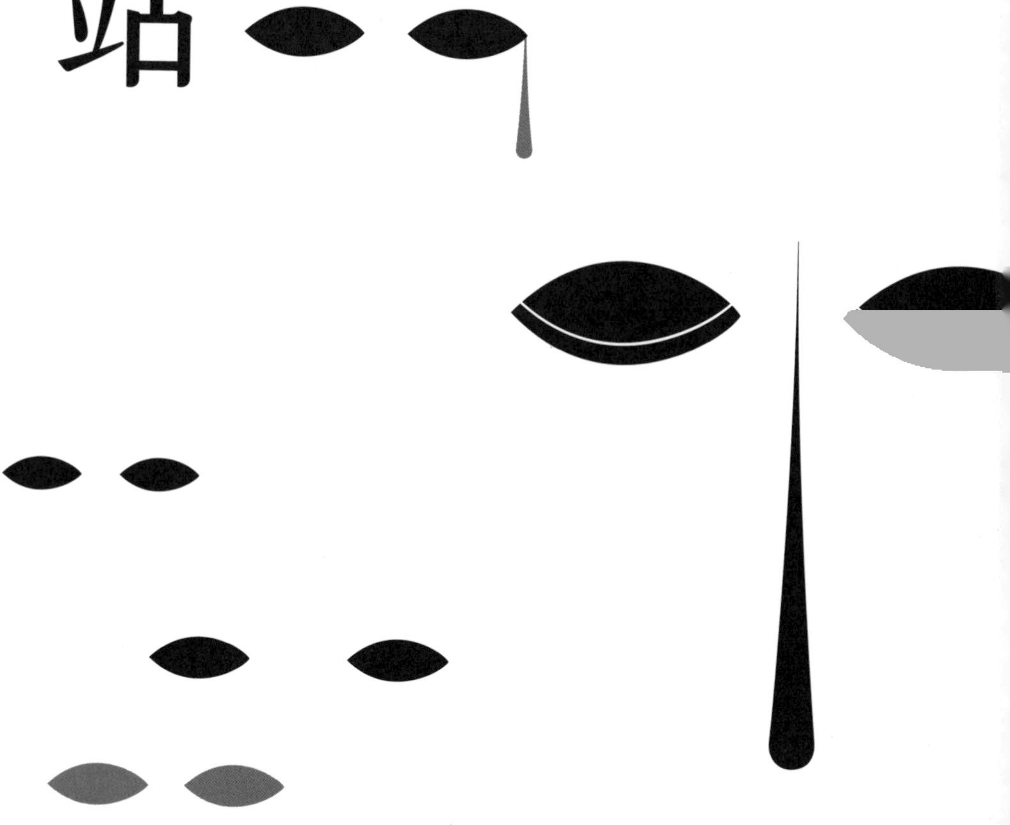

目次

「覺得已經置身谷底了吧？不，地面根本就不存在。
就在你以為抵達地面的那一刻，又會往更黑不見底的深淵墜落。」

廣場

自尊——倘若這玩意真的存在，
那不是能自行拋棄的，而是逼不得已必須放掉的東西，
是再也找不回來的東西。
如今我能做的，就只有等待最糟的情況到來。

夜深了，施工因此中斷，以車站為中心的道路拓寬與打地基的工程停了下來，工人們也各自回家了。整個城市猶如一座死城，萬籟俱寂。我經過矗立在自身影子上的挖土機和推土機，打在鳥瞰圖上的燈光一片燦亮。等道路拓寬與打地基的工作完成，廣場中央就會設立一座噴水池，也會有手扶梯和電動步道，鳥瞰圖中的車站，看起來比現在更氣派華麗。

我拖著行李箱，打算再繞車站周圍一圈。運氣好的話，搞不好會發現白天沒發現的適當落腳處，我應該可以在那裡安全地度過夜晚。雖然任意占用空位的風險很大，但我願意冒險一試。

車站就位於城市的正中央，是建於都心最大的一座車站。在年久失修的老舊車站旁，將會蓋起新穎的建築物。舊車站領受著華麗燈光的洗禮，被棄置於一邊的角落，與正進行整修工程而遭受苦痛的新車站形成對比。如今舊車站雖然已改為博物館或展示館，但究竟要展示什麼，又要保存什麼，民眾一點也不好奇。就算拆除玻璃窗、進行擴建，以要連結地鐵月臺及廣場為藉口而成天挖地、摧毀建築，大家也絲毫不感興趣。等施工結束，他們只會感到些許詫異，而這片狼藉瞬間就會被世人所遺忘。因為這座城市的人，早已習慣了拆毀和翻新。

我從口袋裡拿出水喝，水喝起來溫溫的，似乎帶點腥味。雖然這水是從車站內的飲水機接來的，但不曉得它是否真的適合飲用，總之我盡可能努力甩掉那種念頭和懷疑。

我把水瓶放回口袋，拖著行李箱穿越廣場。輪子在水泥地板上滾動，行人都很有技巧地迴避我，人群之間出現了一條窄縫，大家都爭先恐後地走在我前頭。

夜幕漸深，人們紛紛聚集到舊車站周圍。這裡與廣場有一段距離，也沒有專門的管理員。我跟隨著在平滑大理石上排成一列的腳步行走，那些烏黑的腳掌好似被燒焦般。我低著頭，避免與那些人眼神交會，一把舉起了行李箱。

在舊車站繞了一下，隨即看到幾格階梯。是通往後門的天橋。爬上階梯，出現了寬敞的橋面。橋上只有三、四個路燈，顯得很昏暗，兩側欄杆上設置了高聳圍網，下方則是雜亂交錯的列車軌道，電線杆或發電機之類的東西看起來很危險。戴著耳機的男人朝這側走來，將嘴上叼著的香菸隨手一扔，紅色火花頓時四處亂竄，轉眼即熄滅了。我看到眾多人形剪影保持一定間隔的躺在地上。

所有人都面朝圍網躺著，或用手機看電視劇，或以趴臥的姿勢俯視鐵路；還有些人猶如蝦子般蜷縮起身子，以報紙或帽子掩住臉孔。大家看似都睡著了，但仍能感覺到大部分的人都還醒著。而我，大概也會這樣度過這個夜晚吧。每當地鐵沿著軌道經過，整座橋都會因巨大的引擎聲而跟著晃動。

我在過了天橋中間的位置上來回踱步，雖然猶豫著要不要繼續往內走，但聞到那股尿騷味與惡臭，實在提不起任何興致。每當有風吹來，就會有一股無以名狀的味道衝進鼻腔。目前看來，應該還能勉強湊合著睡上一覺吧。要是再晚一點，就會有更多人聚集了。我安撫自己，只要不是糟到不行就好，趕緊占個合適的位置吧，反正在這裡，根本不可能找到滿意的歇腳處。

我拿出插在行李箱後的紙箱攤開。無論是坐著或躺著，都很明顯有凹凸起伏的顆粒感。我將紙箱翻過來，很蠢地一次又一次檢查地面，卻遲遲沒找到關鍵的障礙物。水泥地滾燙無比，我察覺背對躺著的人要朝這側轉身了，一時手忙腳亂，結果和他對上了眼神。正打算假裝沒看到，不巧眼神又有了交會。他交疊的雙腳相互搓揉著，轉身面向我這側，厚厚的紙板發出摩擦的聲響。

「到底是怎樣？」

他單手托著頭，怔怔地看著我，語氣感覺不到善意或親切，但也感覺不到敵意或憤怒。他的聲音彷彿被厚重的疲倦感壓制住，好不容易才發出聲。

「是不睡覺了喔？」

他抬高了音量。搞不好並排躺著的人都會如骨牌般一個個醒來，我不想把事情鬧大，也不想失手丟出會引來口舌是非的餌。不管是什麼，這些人都會以迅雷不及掩耳的速度咬住，鬧個雞犬不寧。

「要睡了。」我回答，還點了點頭，好讓他看清楚。

他緩緩掃視我的行李箱和立在一旁的紙箱，說：「所以是有什麼問題？搞得這麼吵？」如今他的聲音就像睡蟲已全被趕跑般清晰。講著電話經過的男人壓低了音量，遠處傳來轟隆轟隆的聲響，整座天橋立刻為之震動。高速列車的引擎聲吞噬了周圍的噪音，以一定速度通過天橋下方。

他支起身子，原先埋藏於圍網暗影中的臉孔來到了燈光底下。他的體格乾癟瘦小，乍看像個氣力盡失的老人，身上的軍服內彷彿灌滿了風，別在胸膛的徽章閃閃發光。我的戒心悄悄鬆懈下來，但必須保持緊張感，也不能引起騷動，那是既麻煩又危險的事。我默不作聲地撫弄紙箱的一角。

「為什麼不回答我？」

他像是遭到忽視般擺出委屈的表情。我以為他是在找碴，但過了一會才發現好像不是。他的雙眼透露出想與人對話的渴望，但我堅守沉默，竭力且明確傳達出「我不想和你說話」的意志。

「欸，到底是有什麼問題？搞得這麼吵？」男人想方設法的要打開我的話匣子。

「沒有任何問題。」我斬釘截鐵地答道。「已經弄好了，沒問題了。」

又再釘牢了一次。

「早說就好了嘛，幹麼讓我講這麼多話？」

他老大不高興地搖搖頭，卻沒有再次躺下，而是隔空直勾勾地盯著我。我明知他在等我接著說下去，仍執意緊閉嘴巴。他又多等了一會，然後用比剛才更溫柔的語氣開口。

「我沒看過你耶，什麼時候來的？」不等我回答，他隨即又問：「幾歲了？看起來很年輕耶。」

我依然默不作聲。

「大人問話，回答『我幾歲』不就得了？你不知道自己幾歲嗎？不喜歡說話喔？」

他一口氣吸了太多空氣，忍不住咳了起來。空氣中參雜著酒味。我默默彎起膝蓋，坐在紙箱上。要是他窮追不捨，我打算說一個比實際年齡大很多的數字。我也可以回答：「三十八、三十九，明年就四十了。」但他沒有再追問下去，而是說起別的話題。

他說之前有人引發一陣騷動，吵得他無法睡覺，於是狠狠教訓了對方一頓。在我從行李箱拿出蓋膝蓋的毯子和頸枕時，他仍滔滔不絕地說著，猶如沒關好的水龍頭，話語不停從口中流淌出來。我不覺得他吵，他只是像個暫時忘記如何關上話語的人。

「我把那小子打得鼻青臉腫，連牽動一下嘴角也會痛得哇哇叫。」

我想像了一下，他抱著捲起的紙箱走進天橋內側的樣子。別說打架滋事了，他肯定是像個鼠輩一樣四處逃竄，生怕會挨揍。匡隆、匡隆，火車發出巨響，緩慢地經過天橋下方，整齊並排的車窗在漆黑的半空描繪出一條明亮的直線。這個地方之所以人特別少是有原因的，要能克服這種噪音倒頭大睡並不容易。於是，他正面臨什麼處境也就昭然若揭了。為了不讓他覺得被輕視，所以我點了兩次頭。

「不過，你知道嗎？這裡空氣太差了。」

嘴脣動個不停的他改變了話題，像是剛想起這件事般，甚至伸長脖子用力吸了一口氣。他就像才剛抵達這座城市的人，也有如隨時都能離開這座城市般說話，而我只是靜靜抬頭，仰望高聳電線杆散發的燈光。

「多鋪幾個紙箱會比較好躺，如果不想忍耐，可以去地下道。你就算在這裡挑一整晚的小石子，躺起來也不會比較舒服。」

他轉過身去。我脫掉鞋子，站到紙箱上，又穿回鞋子。接著我坐在紙箱上，低頭看著自己的雙腿下方。就這樣多坐了好一會，最後才總算躺了下來。

轉過身的他又補了一句：「再過幾天啊，石頭那種玩意哪算得了什麼？很奇妙吧。」

我沒心思答腔，僅吐出了「喔」之類回應的聲音。右肩下方很刺痛，好像還有小石子沒挑出來。是石頭嗎？搞不好是釘子或尖刺，或塑膠碎片、拉鍊、碎裂的打火機或瓶蓋。但我懶得再爬起來，把紙箱翻起來看，乾脆側身躺著。遠處傳來火車輪子在鐵軌上滾動的聲響。

*

有人將夜晚的兩端無限拉長，我三不五時就會醒來東張西望。一睜開眼睛，就看到枕邊放著水或麵包等物資。我以傾斜的姿勢撐起上半身，確認其他人枕邊也放著相同的東西，才把水拿起來喝。感覺不到列車往來的動靜，表示夜已經很深了。偶爾，廣場那邊會有一聲高喊或歌唱聲，如同心圓般陣陣傳來，然後恢復平靜。玻璃破碎的刺耳聲、蚊子或飛蟲的移動、階梯上散發的惡臭，這些玩意總會搞得處於淺眠狀態的我反覆醒來。

即將墜入夢鄉之際，我有種搭乘一艘合身的小船漂向汪洋的錯覺，猶如躺在搖籃的嬰兒，靜靜將我的身體交付給它。嘩啦嘩啦，波浪推動船舷前進的聲音，以及水流靜謐搖曳的聲音，這些聲音緩緩地停歇了。接著，船隻瞬間翻覆，我整個人被丟進大海中央，四肢不停亂踢亂揮。大海是如此冰冷黑暗，我無法得知幽黑的海水中有什麼，於是使出渾身力氣拚命掙扎，最後在某一刻驚醒。頭好暈。

「這位老師、老師，您在睡覺嗎？」

就在我反覆睡睡醒醒三、四次後，突然感覺身旁有人。一名女人蹲坐在我腳邊，小心翼翼地搖晃我的腿，還有個男人的剪影愣愣地站在女人後方，我保持穩定的呼吸，就像還沒睡醒般。

「老師、老師。」女人又碰了幾次我的小腿肚，接著喚了男人一聲。「他在睡覺耶，還是算了？」

見女人遲疑，男人說：「我來叫叫看，好像第一次見到他。」

兩人一起搖晃我的身體。我別無他法，只好假裝剛睡醒，睜開眼睛，笨拙地支起身體。他們沒有站起身，也沒有往後退，只是默默地看著我，直到我完全爬起來為止。

「老師，您在睡覺嗎？喝酒了嗎？」

女人將鼻子湊過來，一股香甜好聞的乳液味道竄進鼻腔。老師、老師。我試著跟著女人喊了兩聲。看起來和我同齡，或只大我一、兩歲的女人叫我老師。女人每做出一個動作，空氣中就會發出劃過乾澀布料的聲音。黃背心上嵌著大大的黑字：援助、引路人、中心，我用眼睛閱讀這幾個字。

「老師，我們是援助中心的員工。我是組長姜東浩，這位是李南珠小姐。可以請教您貴姓大名嗎？」

男人摘下眼鏡，用手掌拂了一下大汗淋漓而油亮的臉。我像是忘記自己名字的人般慌了手腳，但隨即閉上嘴巴。彷彿有人拿鐵鎚在我的腦袋內咚咚敲擊般，一股疼痛感席捲過境。要是苗頭不對，我打算想到什麼名字就隨便胡謅一下。男人和我四目相交，很執著地等待我的回答，他好整以暇，像是完全看穿了我的內心。

「您有沒有哪裡不舒服，或有什麼病痛？」

男人伸手摸了摸我的腳踝，檢查我的肩膀和手臂，絲毫沒有半點猶豫或遲疑的神色。潮溼的手掌在我身體各部位又握又抓，手的觸感很厚實。我想抽身，但男人遲遲沒有放開我，直到他覺得夠了為止。他像是對待年幼的孩子般確認完每一處後，才鬆開手。

「看起來好像沒什麼病痛。您剛來這不久吧？」

男人從背心口袋拿出手冊，不知道在上頭寫了什麼。假如我是他，又會在上頭記錄什麼關於我的事情？我突然變得很不爽。

「怎麼回事？幹麼？」我略帶怒火的回嘴。

男人倒是老神在在，甚至覺得我很可愛似的瞅著我，繼續在手冊上頭寫著，一邊朝我擠眉弄眼。「沒事，一點事都沒有，我們只不過是來看您好不好，想幫助您而已。」

看起來比我大上十五歲的男人安撫我，有禮貌地喊我老師。但我知道，他只是找不到適當的稱呼，才借用這個詞彙。

「我很好。」

「這樣啊，不過要是有什麼問題，記得要來找我們喔。」

他用一種很確定我不久後就會有問題的語氣。會發生什麼問題？又會發生多少問題？在那些問題之中，你們又能幫忙解決幾個？從睡夢中醒來的人都在朝這偷瞄，也有人爬起來後，像是要故意講給大家聽似的大發牢騷。女人舉起手打了聲招呼，想在大家的不滿爆發前先平息他們的怒火。

女人揮了揮手，大家很快又躺了回去，或撂下幾句氣話後就轉過身，但大多數依然很專注地將視線集中在這邊，細聽動靜。我討厭他們偷聽我的事，也不爽讓他們知道關於我的一切。我什麼都不會說的，我不想分享半點關於我的情報給這裡的任何人。

「不過，您不覺得這裡有點吵嗎？好像滿吵的耶。」

「無所謂，請你們走開。」

我接連說了好幾次。走開、走開，拜託不要管我。我在向他們求情。

「知道了，我們會走的，不過廣場好像比較好一點，那邊的公園也不錯。」

女人說話時，人只站起來一半。她的態度很淡然，似乎已經見慣了我這樣的人，沒有半點同情或愧疚的神色，語氣也不像是瞧不起或輕視我，而是既然已經確認完我的健康狀態，那就夠了。見女人起身，男人也跟著站起來。

「您不能在這裡待太久，我們可以替您聯繫休息處，也可以替您找工作，所以盡快接受幫助比較好。待得越久會越辛苦，知道嗎？」

男人一臉誠懇地叮囑，接著像是想起什麼似的遞了包溼紙巾給我。裡頭大概才裝了四、五張溼紙巾。我伸出手，這種東西跟陌生人借幾張來用用也無妨，但我不想再接受更多東西了，我不會接受的。

「謝謝。」兩人轉身前，我恭敬地道了一句謝，但我沒說會還他。

女人噗哧笑說：「謝什麼？這些都有補助，我是靠這份工作領薪水，這不是我給的。有需要的話，請來中心吧，就在車站對面的貨櫃屋，那裡是辦公室。」

我心不在焉地點點頭，反正我也不會去，那與我無關。

男人又補上一句。「早餐一定要吃。七點半過後，供餐時間就結束了，就在這前面的廣場，一天至少要吃上一餐。」接著，他按住我一邊的肩膀，給予忠告。「啊，可能的話，最好別結交酒友，這樣會很傷腦筋的，知道了嗎？」

兩人好像一邊打鬧著、一前一後地走遠，接著又停下腳步，像剛才對我做的那樣，搖醒某個人。雖然所有人都側躺向一邊，擁抱著黑暗，但其實全豎起耳朵在聽他們說話。大家佯裝漠不關心，但內心都默默期待下一個能輪到自己，期待有人呼喊他們的名字，和他們搭話。笑聲不時在半空中迸發，「嗯、嗯」，女人回應對方的聲音傳了過來。我背對他們躺下，竭力想讓自己入睡。

黑夜從許久前就開始了，至今，仍是如此。

*

白天時，我一直在車站附近徘徊，心想要是人生可以恣意大把流逝，可以徹底完蛋、四分五裂就好了。只要心如槁木死灰，認為對一切無能為力，就能從此擺脫恐懼或茫然。然而，我沒有那種自信，也沒有那種覺悟。人生，就像是不聽話的孩子，任意哭鬧完了，等到我打算就此放棄，又會淚眼婆娑地抬頭望著我。再給一次機會也無妨吧？那麼，我的後腦杓又必然會被狠狠敲上一記，像這樣被驅逐出來。

這一次必須不同，我什麼都不會做，再也不給任何機會了。我一整天都表現得像是正在和有實際形體的人對抗，入神地盯著前方，惡狠狠地瞪著往來的行人，然而一切卻彷彿與我毫不相干似的逝去了。也許，我這一整天都是在與隱形的時間搏鬥。

每天晚上到處徘徊，尋找一個適合睡覺的位置並不容易，我在車站繞了一圈又一圈，最後又不知不覺地站在天橋上。也許我是認為，這個充滿惡臭與噪音的地方才是最安全的。

在天橋來回踱步時，腦中想的是手上剩下的錢。只有在這個時候，我才會想起關於明天的事。無論再怎麼節省，錢總會有用完的一天。十五天，最多三週，我試著盤算一下能撐多少時日。最終，坐吃山空的那一刻會到來，但我決定不去想那之後的事。我拿出夾放在行李箱後的紙箱，將它攤開，只要一天，接觸到水泥地的那面就會變得軟軟爛爛的。圍網中有暗影晃動了一下，一個聲音冷不防冒了出來。

「喂，要不要來一杯？」

是一名穿軍服的男人。他將一瓶燒酒與一個被醬料沾得到處都是的袋子擱在自己面前，像在沉思般坐著。我知道他每天都會跑到不同的地方工作。他帶著一個輕便的背包，穿得乾淨整潔，早早就入睡，一大清早就不見人影。從他的日常生活就可以猜到，他和那些成天七橫八豎的躺在廣場上的人不同。雖然想過要不要請他幫忙找工作，但這想法在幾天內就消失了，而我，也逐漸習慣了不事生產的日子。

我將紙箱塞進背包，走到男人身旁坐下。我沒有半點和他爭辯的餘力。我成天無所事事，而此時此刻，正在和無所事事的我對峙，要一直帶著清醒的心思觀看自己並不容易。今天，我打算像打開收音機般，任由男人暢所欲言，而我，需要的是那一口酒。我急忙接過男人替我斟的酒喝下，沒想到酒喝起來熱呼呼的。我心想，搞不好這家伙老早就買好了酒，一直在等待與自己喝上一杯的人。

我們面對面坐著喝酒。男人的故事果然都繞著車站打轉，擺脫不了這個地方，而我的回答也是虛應一下故事。也許今天能靠著酒意好好睡一覺。我一直在等待酒意灌頂的那一刻，但醉意尚未來到一定水位，酒就已經見底了。男人很豪邁地翻出口袋，鈔票和銅板都撒了出來。

「要多買點酒回來了。」

我實在沒法說出「就喝到這吧」。我阻止男人起身，自動站了起來，最後，他將三張鈔票放在我手上，這些錢足夠買兩瓶燒酒。我輕輕拍了拍發燙的雙頰，離開天橋。天橋上的路燈三三兩兩，散發朱紅色的光芒，整幅畫面看起來很不賴，骯髒的行李袋和路面上凌亂的腳印也顯得一片祥和。我能感覺到醉意正沿著滾燙的血液擴散，削去了我體內所有稜角，讓它們變得光滑渾圓，甚至讓我覺得，沒有稜角的世界是如此輕鬆、如此美好。

我離開天橋，穿越廣場。異常的熱氣在夜晚的廣場上沸騰，人們猶如被丟棄的飲料罐或塑膠袋四處滾來滾去，有人大吼大叫，有人放聲大笑，還有人哭得呼天搶地。這裡就像一個巨大的情緒漩渦般滾燙無比，呼、呼，我一邊吐出熱氣，一邊豪邁地跨出步伐。

有蜉蝣或飛蛾緊貼在超商明亮的窗戶上，我揮了揮手驅趕它們，掉落地面的蟲子不停翻滾，為了逃過死劫而奮力掙扎。我用腳狠狠按壓它們的身體，在腳下的它們拚命振動翅膀，很熱烈地活著。

「活著。」我藉著酒氣喃喃自語。

我在超商付了三千元，找回六百元的零錢。我將兩個燒酒瓶靠放在兩頰，走出店面，接著像是大發善心似的，將零錢遞給倚坐在有成堆菸蒂的牆角的某人。這都是酒精在作祟。

「我不要錢，那個給我一瓶吧。」

抬頭的是一位身形略為矮小的老人。他將拐杖拄在腋下，撐著身體。一隻黝黑嶙峋的手猛然從黑暗中探出，搶走了一瓶燒酒，我還沒來得及阻止，他就已經迫不及待地打開瓶蓋，大口灌了起來。純淨的液體沿著瘦削的下巴流向他的後頸，酒只有一半是喝掉的，另一半都流掉了。每當他將頭後仰時，拐杖都會顫抖不止。

「能再給我一瓶嗎？」

還沒喝完一瓶，老人就心急地詢問，這次我也同樣大發慈悲，是酒精作祟的緣故，但另一方面我又想確認一件事。看吧，我不屬於這裡，我不會向人乞討金錢或酒這類玩意。我很欣然地用兩瓶燒酒，換取了剩下的自尊心。他接過一瓶燒酒，塞進外套口袋深處，接著調整一下圍巾，將自己的毛帽往下壓。定睛一看，才發現原來是個年邁的女人，但如今她似乎早已遺忘自己是男是女，也不在乎為了獲得這兩瓶燒酒，自己必須失去什麼或賣掉什麼作為代價，甚至不感好奇。她一臉漠不關心的扣好衣服，彷彿在訴說，那些才是天底下最無用的。

我掏出皮夾的錢，又買了兩瓶酒，接著回到天橋上。軍服男已經枕著酒瓶睡著了。我坐在他身旁喝起酒，接著旁邊多了個人。一人、兩人、三人，我想不起來自己是怎麼和他們變成一夥的，一定是他們先主動接近在喝酒的我，但也說不定是我叫他們來的，不，搞不好是酒精將大家召集起來。我們一邊飲酒，一邊互相說著到了明天就不復記憶的話。不知彼此姓名、年齡、來自哪裡的一群人，全都很公平地在酒精中迷醉。

價值僅一千兩百元的酒能帶來的東西真了不起啊，我猶如一顆戶外的廣告熱氣球不斷膨脹，好像真的能飄浮在空中般，從頭到腳都灌飽了酒氣。

＊

凌晨時分，我從睡夢中醒來，意識到放在皮夾的錢全都飛了。有人把錢全拿走了，只剩下三張千元鈔票和幾枚零錢。要是我先吃飽喝足，再省吃儉用個三、四天，那是可以撐三星期以上的金額。肯定是軍服男趁我醉得不醒人事時搜我的身，把錢拿走了。

軍服男不見人影，搞不好此時此刻正在桑拿房或旅館睡大頭覺，或把肚皮吃撐了，正好整以暇地仰頭飲酒。不過，等軍服男花光了錢，最後還是會回到這個地方，那只是時間早晚的問題。

放在行李箱的錢還好好的，但我並沒有因此產生「雖然數目不多，但幸好還留有這筆錢」的安心感。乾脆一無所有還落得輕鬆，那麼我搞不好就可以舉雙手投降，直接走進這廣場的中央。自尊，倘若這玩意真的存在，那並不是能自行拋棄的東西，而是逼不得已必須放掉的東西，是再也找不回來的東西。如今我能做的，只有等待最糟的情況到來。

火車開始行駛後，橋上便因噪音和震動而持續搖晃，沒辦法再繼續躺著了。白天的光線逐漸照進徹夜熙熙攘攘的廣場，人們三三兩兩的現身於廣場，在空無一物的廣場中央排起長長的隊伍，建立起秩序。餐車來的時間是固定的，要是不快點去排隊就只能餓肚子了。米飯和小菜每天的配給都不夠，而且越來越不足。等龐大的裝湯桶和飯桶放置好，供餐時間就開始了。雖然也不過就是分發熱騰騰的米飯、淋上稍鹹的熱湯而已，但沒有人有任何不滿。大家都領著同樣的塑膠碗和湯匙，很公平地等待輪到自己，接著退到遠一點的地方坐著吃飯，最後將碗筷和湯匙扔進大袋子，各自作鳥獸散。我握著行李箱的把手，快速經過那個地方，我沒有排隊，甚至沒瞧那個地方一眼。

一大早，就能從舊車站看到援助中心的辦公室人滿為患。雖然被稱為辦公室，也不過是將兩個貨櫃並排，入口有可以遮陽蔽雨的帳篷和長椅，大家會聚在那小口小口地喝著裝在紙杯裡的東西、用毛巾擦拭身體和擦乾頭髮，還有人會睡到嘴巴張得開開的，也有不知道嘴巴在咀嚼什麼的人。他們坐在硬邦邦的木椅上，看起來好像一點都不懼怕接下來要度過的一天。

穿黃背心的人有的在和他們閒聊、接電話，或是不知道要搭車去哪裡。為了不引人注目，我刻意緊貼牆壁，低著頭走路。只要把心一橫，就能順利離開這個地方。雖然想要輕鬆看待這件事，心情卻逐漸變得沉重。

廣場上傳出第一個通知廣播。

我占用了其中一間車站廁所，坐下來打開行李箱，用溼紙巾仔細擦拭腋下、胸口和胯下，接著換了一套衣服。脫下的衣物散發出令人不快的氣味，上頭沾滿流浪街頭的味道。我仔細地用袋子將衣物包好，塞進背包一角，站在洗手檯前刷牙洗臉，還刮了鬍子。鏡子裡人們的雙眼很敏捷地轉動著，他們好像很瞭解我是什麼人似的，快速掃視我全身上下，然後避之唯恐不及地離開了。

空氣很悶熱。我站在車站正門往下看，靜止不動一整晚的時間緩緩地伸了個大懶腰，下公車的人潮湧進廣場，商店也接二連三地開張了。大半夜裡填滿廣場的一切全都退到了遠處，此時廣場上充滿了明亮早晨的活力。

我的時間被牢牢地綁住，一定是有人替它打了個堅固的結，那是怎麼樣都無法解開的死結，除非一次全部砍斷，否則別無他法。我究竟該怎麼做，才能盡快耗盡這令人深痛欲絕的一天？我不時側眼偷瞄，那些猶如靜物般坐在階梯與長椅上的佝僂背影。

*

傍晚下起了雨，大家都走進地下道。車站關門後，更多人湧進來，原本街道上瀰漫的氣味和聲音，全都跟著他們一口氣流進了地下道。他們拉著成天提在手上走來走去的家當，為了尋找適當的地點而不斷徘徊。我在階梯正下方找到一席位置，將頭倚靠在溫暖的牆上。夜深時分趕著回家的人看到了在下方的我，皮鞋鞋跟和手提包等快速經過我身旁，紛紛離開了地下道。

我小口小口啜飲溫水，讓時間慢慢流逝。時間猶如過了很久才會緩緩滴落的水滴，我數起鋪在地板上的磁磚、檢查卡在磁磚縫隙的灰塵，也讀了掛在牆上的說明文字。我心想，可以的話，真想把一部份的時間分出來販賣。一天漫長得令我承受不起，而它又會變得越來越長、越來越長。即便我在做出如此可怕的假設時，時間也沒有跨步往前進。

過了子時，走動的人變得很稀少，後來連半個人影都看不到。不，不是所有人都消失了，還有一些人留在這個地方，只不過從某種意義來看，他們更接近背景。猶如守護那個位置的自動化機器或車票販賣機般，彷彿從很久很久之前，他們就一直被擱置在那裡。

大家在合適的位置鋪好紙箱，面向牆壁躺著，也有人在通道那側立起紙箱，像是建立起自己的防護罩。大夥都彷彿說好似的，以面向牆壁的姿勢就寢。雨水沿著階梯流進來，我心想著要再往內側走一點。從傍晚開始，我就只停留在「想」而已，一切都令人疲睏和厭煩。雖然對於碰到微不足道的小事也拖拖拉拉的自己感到不滿，但我仍放任自己不管。

大家都保持一定的距離，好讓彼此不會感到不自在。看到大家把各自的行李靠牆邊放，排成一列躺下，感覺就像醫院，不，更像避難處或避難所。而他們是因颱風或洪水等自然災害而暫留在此的人，是為了躲避災難而逃亡至此的人。也許，那場災難老早就結束了，只是他們始終沒有離開這裡罷了。搞不好他們期望災難能持續下去，持續久了，就會變得理所當然，然後變得毫無所謂。往後，他們還會期待此刻持續下去嗎？還能置身災難之中，希望它可以永遠不要結束嗎？

有人蹲坐在另一頭的角落撒尿。在這裡，大家似乎都事先說好了，全都蹲著大小便。我盯著靠牆的微駝背影，並沒有因此心生憐憫或覺得他不幸。沒有人看起來不幸到需要接受他人同情，感到不幸的人只有我一個，因此我很想盡量遠離他們。

我雖覺得他們的處境和我半斤八兩，仍很輕易地指責他們，若無其事地批判他們。我和那些人不一樣，我能離開這個地方，甚至我還給了自己一些猶豫期。明知一天又一天增加的猶豫期根本毫無意義，但我仍這麼做了。

有人在那頭引起騷動，我能感覺到躺著的人又將身體往牆壁縮了一點。雖然那動作慢到不會引起注意，卻是一種瞬間的本能。有人和男人起了爭執。大熱天的，那人還戴了兩頂毛帽，披著厚重的外套，杵在腋下的不鏽鋼枴杖支撐著小小的身軀，整個人看起來很不穩。肯定是之前在超商前見到的年邁老婦。

男人單手叉腰，俯瞰著老婦，用很刺耳的聲音大喊：「喂，老人家，妳身上味道很重耶！」男人將一頭長髮綁成髮髻，一、兩根髮絲滑了下來，遠看就好像男人的臉上有一道淺淺的裂痕。每次呼吸時，T恤都會被圓鼓鼓的肚子撐得起起伏伏。

「是聽不懂人話喔?!幹，昨天就說過了，今天也說了，都說多少遍了！到底為什麼不去醫院？是不知道那條腿有多臭嗎！」

男人大聲逼問，但老婦只是不停喃喃自語，也不管男人在喝斥什麼。無法聽懂的話語猶如回音在潮溼的地下道內迴盪，支撐老婦瘦小身軀的枴杖不住顫抖著，老婦的身體像是要倒向一邊似的搖搖晃晃。男人搶走了一根枴杖，老婦隨即失去重心，摔倒在地。我閉上眼睛。別再看了。腦中雖這麼想，卻無法將目光完全移開那個地方。之前沒有的微妙活力喚醒了地下道，我暗自期望兩人的爭吵能儘早落幕，另一方面又想繼續看這場熱鬧，希望這場騷動能一口接一口的咬走我的時間。但願這令人痛恨的一天能快點結束就好了。我很固執地繼續注視那個地方。

老婦坐在地上揮舞枴杖，雖然瞄準了男人的腿，枴杖卻接連打到地面。男人用一隻腳咚、咚的戳了老婦的腿，但老婦只是將身體左右翻來翻去，怎樣都站不起來。她不是不想起來，而是真的爬不起來。過了很久，我才看到老婦無法使力的兩條腿。

老婦動了動拐杖，推了男人的手推車一下。堆滿各種雜物的推車隨即被甩到後方，撞到牆壁，上頭堆的東西嘩啦啦全掉到地上，鐵網和塑膠傘之類的東西撞擊著地板。男人尖聲大喊，老婦則用雙手按壓地面，拖著兩條腿往反方向爬。

「靠，搞屁啊，幹！」

男人開始飆髒話，不，與其說是髒話，其實更接近慘叫。他完全把老婦拋在腦後，迅速蹲坐在推車前。被打翻的塑膠桶掉出了麵包碎屑和衛生紙團，吱吱、吱吱的叫聲往四處散開。是老鼠。我用雙眼追逐著猶如撒落一地的珠子般四處逃竄的鼠輩，其中包括三隻實驗用白老鼠，還有兩隻體型肥碩的黑色大田鼠。男人笨重的背影慌慌張張地隨著牠們光禿禿的尾巴動來動去，而我就跟其他人一樣，安分地守著自己的地盤。

後來，有隻沿著牆角逃亡的白老鼠鑽進了我的鞋子。我遞給了男人，因為要是不這麼做，搞不好會折騰一整晚。男人不發一語地將鞋子倒過來，取出老鼠，放進褲子口袋。老鼠在口袋內鑽來鑽去。男人的眼神依然失焦，顯得不知所措，老婦則鑽進了鋪在紙箱上的被窩，一動也不動。此時男人像是絲毫不把這些放在眼裡般沿著牆走，在階梯附近來回踱步，又在身體蜷縮成一團的人周圍仔細檢查。

我爬起來，經過男人身旁，再往裡走了一點。要是沒把所有老鼠找回來，他肯定會鬧上一整晚。有一隻沿著牆緣逃跑的老鼠停在那裡，但不是小巧玲瓏的白老鼠，而是有著一雙黑溜溜的眼珠、又大又肥的老鼠。這傢伙靜悄悄地貼牆站立，停在那裡喘口氣，像是想搞清楚自己的所在地般頻頻點著頭。對這小傢伙而言，除了繼續往地下鑽，別無他法。牠只能爬進雨水桶，爬進總之比現在更深的地方。我想著要不要把老鼠抓去給男人，最後還是作罷，我只想找個適當的地方躺下來。雖然肚子並不餓，但感覺胃空蕩蕩的，這時我才想起自己整天只喝了水。要是明天、後天也能靠喝水挺過去就好了。

我在置物櫃附近鋪好紙箱，等到我摟抱著行李箱縮起身子，腦袋又開始變得清晰起來。空氣很黏膩，全身也黏答答的，每次變更姿勢時，紙箱都會先貼在身上，然後才滑落。我靜靜眨著眼睛，想像大家噴吐熱氣的畫面。某人吐出的氣息被我吸入，接著我吐出的空氣又被某人吸入，自從這個地方興建後，想必一直都是相同的空氣在這裡打轉吧。

每晚，我都拚盡全力想驅離炎熱和惡臭，一心盼望能盡快逃往遺忘它們存在的夢鄉。真希望至少能把燈關掉，在這個地方，黑夜與白晝，都無從確認。

夜之水深

大家都在為了度過一天而展開生死決鬥。
他們被囚禁於無限反覆的一天之中，
想盡一切辦法鑽進睡夢，想在那裡耗去一天、兩天，
可能的話，最好所有日子都在那耗盡。

「喂、喂。」

不知過了多久，有人搖晃我的肩膀，一時遺忘的惡臭衝入鼻腔，將睡蟲驅趕出境。尿騷味與微酸的汗水味在腦中攪動，含糊的說話聲和機器的嗡嗡聲變得很清晰。一將眼皮往上推開，日光燈的白光便潑灑下來。一旦這樣醒來，剩下的夜晚也幾乎要睜著眼睛到天明了。與其說煩躁，反倒是害怕再次睡著，等到總算能睡著時，上班人潮無禮的腳步聲也已經蜂擁而至。

蹲坐著的女人突然探出頭來，因為背光，她的臉很暗沉，就像明亮的天空中多了一個被鑿穿的黑洞。

「有老鼠。」

女人說，臉上沒有任何驚慌或不安的神色，比較像在警告我，語氣很冷靜。

「我是說老鼠，有老鼠。」

女人習慣把同一句話重複說一遍。見到我起身，女人往後退了一個巴掌的距離。女人後方可以看到空蕩蕩的閘口和巨大的地鐵路線圖。燈光熄滅的證件快照機器、褪色的說明文字、寫有出口與轉乘處等文字的指示牌老早就變色了，尚未乾掉的水漬依然殘留在地板各處。我過了很久才和女人對上眼神，女人單眼皮的細長眼睛寫滿了睏意和疲勞。

「抱歉叫醒你，但這裡有老鼠，你知道嗎？」

女人赤腳踩著拖鞋，可能是蹲坐的緣故，短褲一下子被拉到大腿上方。被拉長的塑膠袋掛在女人乾瘦的手臂上，晃來晃去。女人失去重心，身體踉蹌了一下，接著用另一隻手按住地面，找回身體的平衡。女人指尖烏漆抹黑的，她張開手掌在我眼前晃了幾下。

「我有在看。」

「還以為你看不到前面。總之、有老鼠，老鼠。」

「老鼠？」

我假裝不知道。在這裡，女人很罕見，男人占大多數，但也幾乎全是老頭子。雖然偶爾會有女人出現，但她們不是精神異常，就是逐漸變得精神異常，因此很難把她們稱為女人。她會不會是精神異常或生了什麼病？我緩緩打量女人全身上下。

在這裡，所有的東西都磨損、發酵得很迅速。無論是什麼，都會在轉瞬之間變得破爛寒酸。女人瘦削的臉上有鑿得很深的皺紋，一邊臉頰上似乎曾經長過水泡、留下了傷疤，及肩的頭髮死氣沉沉的全部纏繞在一起。她身上曾有過活力之類的東西嗎？如今，女人老得像是什麼都回不去似的。不管是否待在這個地方，女人的泰半人生似乎早已底定，什麼改變的可能性已全然消失。儘管如此，我依然無法將目光從女人身上移開。

女人時而將長髮梳到耳後，時而用手掌拂過渾圓的額頭，和我四目相交。她是唯一沒有懷著恐懼、同情、輕蔑、戒備或任何威脅性肢體語言的人。在這裡，我不曾碰過那種眼神。女人的雙眼彷彿其中未裝盛任何東西般空洞，很難估量那眼神的深度和溫度。

「在那邊，我看到了，很大一隻。」

女人伸出指尖指向某處，學四、五歲的小女孩般裝可憐。我朝女人指的方向探頭，女人身上有股酒臭味，原本縮著身子的人都看向這邊。這些看著老婦和男人爭吵卻悶不吭聲的傢伙，這次倒是有了反應，好像隨時會有人吆喝要抓老鼠，或大聲嚷嚷：「老鼠在哪啊？」

我支起身體。女人立起膝蓋坐著，像是徹底把老鼠忘了，就算我在周圍查看，問她老鼠在哪裡也默不作聲，只是怔怔盯著牆壁，或用手指用力按著地面，一個人莫名地呵呵笑著。我四處走來走去，最後回來蹲在女人面前。

「不是說有老鼠嗎？」

「我討厭老鼠那種東西，真的好討厭。」

「老鼠在哪裡？」

「我好害怕、好害怕。」

女人好像覺得很冷，用雙臂抱住肩膀，不停發抖，門牙也發出喀喀的打顫聲。這種時候，女人又看起來很像一隻小巧玲瓏的老鼠，彷彿可以將她裝進袋子，拿去交給男人似的。男人會用指尖揪起女人的後頸，將她丟進塑膠桶內，把她餵得飽飽的，哄她入睡，偶爾還會將烏漆抹黑的手伸進去抓她一把，然後咯咯笑個不停。女人搞不好會覺得很害怕。我正猶豫到底該不該去抓老鼠，這時女人抬起了頭。

「不好意思，我可以在這裡睡覺，跟你待在一起嗎？」

她將自己的臉埋進膝蓋，肩膀也隨著啜泣聲不斷抖動。呵、呵。不對，定睛一看，女人是在笑。她笑得花枝亂顫，彷彿快喘不過氣了。我想，搞不好女人早就酒醒了，也早就習慣街頭生活，把羞恥心或丟臉那些都拋開了。我靜靜地等待女人笑完。

*

女人和我並排躺在一起，紙箱溼溼軟軟的，這全是因為從地板竄起的溼氣所致。我縮著身子，讓自己緊挨置物櫃，但每一次都能感覺到女人的身體又貼了上來。為了確認這件事，我一點一點往後退，女人的體溫也一點一點地靠近，但我很固執地想讓彼此維持一根手指的間隔。

半夜裡，依然會有無法準確捉摸的噪音在空氣中迴盪。我打開耳朵，將這些四處流動的聲音收進耳底。只要閉上眼睛，彷彿世界上所有聲音都會流進這裡似的。若要說這裡唯一缺少的是什麼，那就是靜謐，那種東西只存於想像之中。直到三更半夜仍得被其他人喘粗氣的呼吸聲干擾的我，每天都會想念起某種寂靜的空間。

大家的呼吸聲中參雜著潮濕的鬱憤與冰冷的絕望。我將飄浮於空氣中的噪音一絲絲揭下來細看，其中還混雜了女人細微混濁的呼吸聲。我竭力將其他噪音撥開，只想專心聆聽女人的呼吸聲。

不知過了多久，我在不發出聲音的情況下移動身體，轉向女人那一側躺著。我的腳後跟踢到了置物櫃，小腿則碰觸到女人的腳尖。女人沒有醒來，她緊皺眉頭沉睡著，這習慣八成是在無法關燈睡覺的此處養成。皺紋深刻結實、鼻子粗短、嘴脣兩側有口水乾掉的白色痕跡，兩邊的顴骨周圍有很明顯的擦傷疤痕。

女人將交疊的雙手當成枕頭，一動也不動。我靜靜注視女人的臉龐，想像了一下女人在這個地方失去了何種樣貌，試著從她衣衫襤褸的模樣底下找出隱藏的真正面孔。其實，雖然想著不可能會有那種東西……不，儘管明白無論有或沒有都無濟於事，我仍無法把目光從女人身上移開。我能感覺到在視線停駐之處衍生了某種不同的溫度，其中又產生了其他情緒，而每一次，女人臉上都會短暫出現不曾見過的表情，接著消失不見。這些都是在眨眼間發生的事。

我想伸手摸摸女人，但只是想想而已，內心提不起勇氣。我只用雙眼觸摸那細長的手指、烏黑的腳趾、下垂的胸部和隆起的腹部。儘管明知如果不是在這裡，我根本就不會瞧她一眼，但我仍執意地看著女人。睡著後的女人看起來很不幸，但又彷彿很平靜自在。我恣意地揣測女人，捱過了百無聊賴的夜晚。

過了很久，女人才轉身，背對我躺著，接著將滑落至紙箱上的髮絲束起來，推放至後頸。女人的動作熟練迅速，我不禁想，搞不好她根本就沒有睡著。驀然，飄浮在空氣中的噪音暫時消失，彷彿連我眨眼的聲音都被女人聽進了耳裡。我張開嘴巴，試著在不發出聲音的情況下吸氣和吐氣，背部緊貼著置物櫃，而我懷著忐忑不安的心情注視女人蜷縮的背影。

背對我的女人不知在嘟囔什麼，像是夢囈，又像自言自語。我把背往置物櫃貼得更緊了。女人的聲音再度傳了過來，我百分之百肯定她沒有睡著。我的臉變得很燙。女人的聲音沒有變大，她只是一次又一次用相同的語調說重複的話，直到我聽明白為止。那語氣就像在閱讀報紙或招牌般索然無味，過了很久，我才聽清楚女人說了什麼。

我將雙手交叉於胸前，背靠著置物櫃，默默聽著女人說話。我盯著天花板許久，最後很正經八百地躺了下來。肩膀和手臂短暫碰觸到女人的身體，隨即又分開。眨眼時，四周會因日光燈的燈光而暫時變暗，接著緩緩變亮。

「抱抱我，好嗎？」

「是因為我很冷，太冷了。」

女人的聲音有氣無力，像在半睡半醒之間。過了好一會，我才將身體轉向女人那側，但也僅此而已。儘管女人的幾縷髮絲搔弄著我的鼻梁和額頭，我仍聞風不動。女人伸出一隻手將我的手臂拉向自己，而我就這麼莫名地摟上女人的腰。摟在我手臂中的女人身體是如此嬌小，就像沒有抱著任何東西似的。女人似乎覺得很冷，身子不住發抖。

「先暫時這樣不要動。」

女人將我的手臂圍在自己身上，平穩地呼吸著。我能感覺到她的肚子往上鼓起又消了下去，卻沒辦法確認女人是否睡著了。女人的髮絲散發出濃濃的油垢味，始終對外界豎起尖刺的我，竟因女人的一隻髒手而失去警戒心、慌了手腳。我正打算將手抽離，這時女人靜靜將我的手擱在自己的胸脯上。

我雖想要隨便說句話來迴避這一刻，卻什麼話都沒能說出口，只能愣愣望著眼前地下道的蒼白風景。不可以這樣，不能這麼做，但我只是茫然地低喃。儘管如此，我仍任由女人拉著我的手去緊緊包裹住她的胸脯。我能感覺到，曾經以為遺忘的某種東西在我體內睜開眼睛，伸了個大懶腰。那是每晚躺在汙穢不堪的街上睡覺的我，如今無法奢求的東西。因為無法得知那些東西如今會怎麼對付我，內心不由得恐懼起來。

有人哼歌的聲音從遠處闊步接近，粗糙的布袋掃過路面的噪音和音階、拍子不協調的歌聲越來越清晰。我瞬間將手抽離，轉過身，有人踩著踉蹌的腳步緩緩經過我倆。以為已經睡著許久的女人又轉向我這側躺著，我不斷眨著雙眼，全身的神經都豎了起來。女人將額頭輕輕靠在我的背上，身子縮成一團，已經無路可退的我，只能將額頭固定在冰冷的置物櫃上調整呼吸。只要閉上眼睛，就能感覺到女人骨瘦如柴的身體在顫抖，但我沒有轉過身，而是靠著將注意力集中在女人的呼吸聲或體溫上，熬過了這一晚。

*

睡醒後，大家會跑到廣場階梯附近占位子，坐著等待放飯。他們就像等地鐵或火車的乘客，始終看向其他地方，直到三輛灰色麵包車出現，才全部聚集到搭起帳篷的地方。

大部分的人都很懂得假裝自己不屬於街頭。他們能模仿行人或乘客的行為舉止，背著小小的背包忙碌地走來走去，或者和那些任誰看了都知道是街友的人保持距離。但我一眼就能認出他們，是因為他們失去好奇心的表情。他們對此處、對周遭、對自己都不感興趣，也不覺得擔憂或恐懼。他們的臉看起來很祥和平靜，若非心如死灰或早已放棄，就不可能做到這點。如今我能讀出那種空洞的表情。

天已經亮了，廣場上人來人往，卻不見女人的身影。我連女人叫什麼名字都來不及問，但就算知道名字又有什麼用？女人偷走了我的行李箱，帶著它跑了。雖然這只是我的猜測，但除了女人，也沒有其他有嫌疑的人。失去行李箱的此時此刻，我才明白那是我擁有的全部，明明只是一只行李箱而已。我的處境正在無止盡地墜落，各種悲慘不幸的預感頓時浮現又消沉。

剩下的，就只有放在褲子口袋的皮夾和隨身攜帶的溼紙巾。皮夾內僅有兩張千元鈔票、身分證以及幾張再也無法使用的卡片，就連溼紙巾也只剩三、四張。我太輕易的把身旁的位置讓給陌生人了。雖然暗自責怪自己的疏忽與愚蠢，但一切為時已晚，什麼都改變不了。後悔，總在一切都無法挽回時才慢悠悠地匍匐過來，敲擊我的腦袋。

一大清早，援助中心的辦公室就擠滿了人。進出辦公室的人分成兩類，穿黃背心的人和沒有穿黃背心的人。我不停偷瞄停在辦公室前的摩托車或手推車，卻遲遲無法走進辦公室。時間拖越久，就越難找到行李箱，但這種焦慮感依舊不足以將我一把推入辦公室。從一開始就斷絕能找到行李箱的念頭是最好的。倘若死心或放棄這種玩意不必仰賴經驗，那就輕鬆多了。我不斷舉起腳去踢聚集在垃圾桶旁的鴿子，儘管於事無補。

我從辦公室前走過，朝派出所的方向前行。見我在門口猶豫不決，坐在裡頭的警察探出了頭。有個男人脫掉上衣躺在裡面的長椅上，四肢骨瘦如柴，只有肚子如畸形般凸出。他是屬於街頭的人，我很肯定。

「有什麼事嗎？」警察探頭問道，口氣就像在驅趕蒼蠅般無精打采。我站在門口躊躇，警察提高了音量。「請進來說吧。」

他折了折指關節，接著緊緊箍住自己的腦袋。可能是覺得疲憊，他不斷移動手指，替頭部按摩了很久。我往裡跨了一步。

「我的行李箱弄丟了。」

「行李箱？在哪弄丟的？」

「中央地下道下面。」

「怎麼弄丟的？」警察音量變得稍大，其中混雜了不耐煩與疲倦。

「睡覺時弄丟的。」我只在嘴邊嘟噥，沒有真的說出口。要是我這麼說，他絕對不會替我找行李箱。找不到和不去找是兩碼子事。

「什麼時候弄丟的？」

警察再次追問，語氣極為制式化，沒有承載任何情緒，我卻一直支支吾吾。

「今天早上，我一個不注意的時候。」

「被偷了嗎？行李箱長什麼樣子？」

「是大概這麼大的行李箱。」我將一隻手擱在腰間，比劃了一下。

「裡面裝了什麼？」

我一時答不上來。要是列舉幾個行李箱內的東西，警察隨即就會看出我的來歷，搞不好還會追問「您是做什麼的」。知道我是什麼人之後，一切就會變得很理所當然，無論是什麼。他一定會覺得理當如此，而不會認為這是一樁突如其來的偶發意外。

「我必須找到它。」我哀求道。

翻閱文件的警察抬頭，一臉懶洋洋。他做出手勢要我靠近一點，從一堆紙中用力抽出一張，接著將原子筆遞給我。

「您必須填寫這個，還要給我身分證。」

姓名、身分證號碼、年齡、地址、手機號碼、遺失經過。我掃視這些印刷清晰的字體。

「這些全都要寫嗎？」

「簡單寫寫就可以了，只要寫姓名或地址這些必要事項。」

我握著原子筆許久，遲遲無法動筆，我能夠寫的就只有姓名和年齡。警察低下頭，再度埋首於自己的工作。

我很努力回想女人的臉孔，但剩下的就只有身上的味道和體溫，那些感覺要比眼睛能見到的更具體鮮明，卻無法向任何人明確解釋。無法解釋的不只這個，所有無法解釋的事情都掐緊了我的咽喉，擋住了我的去路。我頓時感到委屈，火氣也跟著湧上來。

有人推開警察局的門走進來，是另一名身穿制服的警察。兩人互相問起昨晚的狀況，原本視線一直停留在文件上的警察伸了個懶腰，站起身。他向同事交代完要確認的事項後，就啪、啪抖了兩下帽子，走出警察局，也沒向同事提及我弄丟行李箱的事。我握著原子筆，逕自走出那個地方。

「欸欸。」警察喊了我一聲，但我沒有回頭。

我不停撫弄原子筆的筆心，同時咬緊牙根，盤算著要用這支筆刺殺女人。我一定會找到女人，找到後，我會殺了她。對女人的憤怒宛如火山爆發般噴湧而出。雖然無法得知是不是因女人而起，但我仍喃喃自語，我殺得了她，管她是不是女人，就算不是一個人，而是十個、一百個都無所謂。我攥緊了拳頭，幾乎要把原子筆捏碎。

如今，我搞不好必須舉雙手投降，走進那廣場的中央了。學習對一切絕望死心的時候到了，這種不安感導致我在廣場附近沒頭沒腦的亂竄。

也許、也許……

無法保住行李箱的我，表現得就像一口氣失去了所有可能性。不過，我比任何人都心知肚明，就算有了行李箱這類玩意也改變不了什麼，這樣的我，搞不好一直在預想這一刻的到來。儘管預想到了卻沒有未雨綢繆，也許我是用這種方式在逃避那無力感。握在溫熱手掌中的原子筆往內應聲斷裂。

我想起女人，試著說出一些類似背叛、埋怨、憎恨的尖銳字眼，但也許這些情緒實際上與行李箱無關。熾熱的情緒擴大膨脹，而我心中想起的，是與女人共度的那一夜。那晚的記憶怎樣都無法抹去，只要想到那晚的一切，只是為了偷走我的行李箱而編織的謊言，我就不由得怒火中燒。我在援助中心辦公室旁晃來晃去，最終還是沒有走進去。

*

馬路對面的大樓上浮現出形形色色的雷射圖案，有人群排隊走進去、迷你列車噴著白煙奔馳，還有城市的吉祥物張開雙臂開懷笑著的畫面，而我只是呆呆地抬頭，看著在上方浮現的閃亮字體。公車暫停在道路中央的公車站，將一大把人群放下後，又載著一大把人群離去，人潮正穿越斑馬線，忙碌地朝車站走來。

然而，等過了子時，燈光接二連三地熄掉後，廣場將會被一層寂寥籠罩，一切都將失去活力、停止呼吸，這個地方會迎來被全然的黑暗淹沒的時間。如今我必須學習忍受黑暗的方法，必須去適應它，無論我做不做得到，都非如此不可。別無他法了，一切都正緩慢地退到我的選擇領域之外。

到了早上，我以車站為中心繞了一大圈。繞完一圈，就再畫更大一點的圓，並慢慢退到外圍。回到車站後，也沒有停止仔細查看地下道的各個角落。已經連續三天沒有見到女人了。

馬路以車站為中心延伸到非常遠的地方，這條街分成地上和地下，遍及公園與水泥森林。它的範圍，肯定每天都在一點一滴變寬。

從遠處看時，城市就像生了病似的，而人類為了找出不明的病因，於是打開都市的肺部四處翻找。白天時，整座城市被嘈雜的施工噪音包圍，全新完工的東西使剩下的那些變得老舊骯髒。總之，人類是永遠都不會停止幹這種事的。

我將只能在這條街上徘徊，怎樣也擺脫不了這條街。為了甩掉這種想法，我奮力走著，直到熾熱的汗水流得全身都是。飢餓感湧上，我將憤怒和怨氣一層層推入那個空無一物的空間，竭盡全力想避免失去那種滾燙的情緒。一整天下來，情緒不斷經歷死而復生的循環。

車站分成一樓和二樓，有六臺大電視占據了中間的車站大廳。我將二樓整個掃視一遍，也繞過一樓的每個角落，甚至還在廁所探頭探腦了一番。接著，我步出車站的正門，直接走進大型超市。超市內擠滿在附近飯店下榻的外國人和旅客，我在連排椅子和廁所附近打轉，又在超市置物櫃附近來回踱步。這是白天時街友寄放行李的地方。過沒多久，甜滋滋的食物香氣和涼爽舒適的空氣就讓心情緩和了下來，但我仍勤快地轉動眼珠，避免自己心生動搖。

有兩個小孩從後面跳出來，推了我一把就往另一頭跑走了。失去主人的手推車撞到我的腰後停了下來，五顏六色的餅乾、牛奶、整捆的衛生紙和沙拉油等物品散落在裡頭。我用眼睛追逐沿著陳列架逐漸跑遠的孩子背影，一邊推著推車一邊走著。不，事實上是身軀內逐漸擴大的飢餓感在領著我走向某處。我就像其他人一樣推著推車，走到有成排試吃攤位的食品區前。

我夾起豆腐和水餃吃下，雖然提醒自己不能狼吞虎嚥，但依然連嚼都沒嚼就吞下去了。在還沒嚐到味道前，口感軟呼呼的熱食就沿著咽喉溜了下去。沒有一位員工皺起眉頭或換了張臉，他們看起來全都受過充分訓練，知道怎麼應付像我這樣的人。我沒有停下動作，持續用嘴巴帶走食物。凡事起頭難，之後就容易多了，接下來就更容易了，到最後就能變得若無其事。我快速夾起食物，張開嘴巴，就算把這裡的食物全吞下去，肚子好像也吃不飽。

反正不會再來這裡了，沒關係。

我將罐頭和起司丟進手推車，同時喃喃自語，表現得好像隨時都能離開這個地方。我舔著小紙杯內側，走出超市，這時守在門口的員工問：

「您要結帳嗎？」

我反射性地將手抽離手推車，開始東張西望。手推車已被我隨手丟進去的商品裝滿了一半。

「需要幫忙嗎？」

見我囁嚅，員工臉上的笑容消失了，似乎正後悔自己說了無謂的話。我將手推車擱在那，離開了超市，員工沒有抓著我不放，也沒再多問，逕自拉著手推車回到賣場裡。

＊

傍晚下起了毛毛細雨。雨絲彷彿飄在空氣中，使視野變得一片白濛濛的。我用一隻手擦了擦黏答答的後頸，大家也不急著躲雨，就這麼四處躺著，也有人只在臉那頭斜放一支打開的傘，用單手遮住額頭。這裡的人，就算發生了天大的事，也不會輕率行動或有所動搖，沒有什麼能令他們驚慌失措的。他們堅守著街道，彷彿在說，這麼點雨壓根就不算什麼。

穿過天橋就是車站後門。走出後門，會看到偌大的公共停車場，以及在停車場圍網底下各自占據一角的人。他們會將龐大的床墊鋪在那個終日幽暗、鮮少有人走動的地方，或拿張小桌子宣示自己的地盤，也有人蓋著棉被在睡覺。大家的相貌要比廣場那邊的人更粗獷老練，一雙雙兇狠的眼神在潮溼的蔭涼處對我虎視眈眈，我接連過了三、四個行人穿越道，走進公園。

雨勢變大了，我用雙手掩著頭頂開始奔跑。公園一片漆黑，悄然無聲，彷彿有股令人提心吊膽的危險氣息緊緊包圍公園。我站在一棵大樹下，拍了拍被雨水打濕的身體，眼前到處是猶如黑色大垃圾袋般散落一地的背影。要是細看，就會發現袋子又變長了。這些人蜷著身子躺在各處，就好像有人在裡頭裝了沒用的物品，隨手亂扔在那裡。大家似乎都為了度過一天而展開生死決鬥。世上的所有時間都避開了這些人，他們被囚禁於無限反覆的一天之中。因此，他們想盡一切辦法鑽進睡夢，想在那兒耗掉一天、兩天，可能的話，最好所有日子都在那兒耗盡，然而在這街上，妨礙他們睡覺的東西多到數不清。

我和他們越來越相像了，這種預感令我不安，不安的強度逐漸加劇。任何人都可能成為他們，而我最後也會成為其中一員，這可能會比預期的更快到來。我一邊怪罪那無辜的行李箱，一邊走著，雨勢絲毫沒有停下來的跡象。

離開公園後，我繼續走著，街道變得寬敞乾淨。在燈光明亮的商店前，有人在打電話，有人不知在喝著什麼，還有人嘰嘰喳喳地說話。大半夜了，空氣依然灼熱，熱氣遲遲不肯消散。

我經過市政府、銀行、企業大樓和飯店，走進了市場。它們的身影隨處可見，而且隨時都在。我置身於往來的人潮中，迅速準確地尋找每個人的剪影。無法確定女人已經離開了這條街，單憑一個行李箱不可能擺脫這條大街。我雖如此想著，仍拉大步伐，加快了腳步。

守在建築物門口的警衛並沒有放任我不管，要是我打算去上個洗手間，他們就會踩著喀噠、喀噠的腳步聲靠近，擋住我的去路。

「您有何貴幹？」

語氣聽來恭敬，態度卻很斬釘截鐵。還沒推開巨大冰冷的入口大門，就被趕了出來，於是我跑到地鐵廁所上小號，喝了水龍頭流出來的水。頓時有股噁心感。我發現有人將飲料丟在洗手臺上，趕緊抓過來一口灌下。牙齒咬到了冰塊，但口渴的症狀依然沒有消退。

我在車站附近的大市場打轉、在地下道徘徊的同時，雨勢已轉成豆大的水珠。從車站廣場那側的地下道走出來時，雨水如一大盆水般一股腦潑在我身上。在閃電的光芒乍現之處響起陣陣雷聲，我停在地下道入口處休息片刻，雨滴彷彿踩著地面不知要逃向哪去，嗒嗒嗒、嗒嗒嗒嗒、嗒嗒嗒嗒嗒，然而最後它們只是在原地持續敲擊著。

*

鼠男照顧的那些鼠輩，身形在一天內就起了變化，剛開始有十二隻老鼠，如今只剩下七隻。鼠男成天就靠著把這些鼠輩從塑膠桶取出，摸摸牠們，含情脈脈地和牠們四目相交來打發時間。吃飯前，他會將飯菜放進去，想到就替牠們噴灑幾滴水。他將打溼的手聚攏、噴濺水珠，眼神寫滿了疼惜與憐愛。

鼠男悉心照顧老鼠，而我則靠著觀察鼠男照顧老鼠打發掉了整個上午。想必也有人靠著觀賞我來慢慢消耗掉時間，搞不好女人就是其中一人。我無時無刻都在掃視廣場的每個角落，想找到女人的決心整天都沒離開過我的腦袋。儘管我認為自己已全然拋下了對行李箱的眷戀，對女人的憤怒卻依然沒有冷卻。為了不讓那股怒火熄滅，我一天內會提醒自己不下數十次。

「就說找不到了嘛。」鼠男沒好氣地回嘴。「反正終究會回來的，回來了，就把她打個半死吧。」

有時說完了，他還會自顧自咯咯笑個不停。搞不好鼠男根本就知道女人的下落，也說不定這是他和女人狼狽為奸的勾當。不過，過了好幾天，我依舊沒在鼠男身上發現可疑之處。我軟硬兼施，他的態度仍一如既往。

鐘樓的時針與分針逐漸接近中午。我爬起來。鼠男揮了揮手，我三步併作兩步地跳上階梯。搞不好今天能找到女人。我決定到鼠男告訴我的網咖或小旅館去打聽一下。

我走過與車站後方相連的細長窄巷，翻遍緊挨在一起的小旅館和一坪不到的螞蟻房[1]，在那個地方，有多到無法置信的房子如爛牙般苦撐矗立。我原以為是死巷的地方，沒想到出現了岔路，冒出了一條新的巷子。在那宛如迷宮的地方，我不斷迷路，那兒的人將房門大敞，觀賞著來去自如的時間。即便是白天，連扇窗子也沒有、塞滿各種雜物的窄房也如洞窟般幽暗。它們支撐著隨時都會坍塌的社區，顯得格外孤獨。

我逢人就問：「這裡有新來的人嗎？」

有時則說得具體一些。「是女的，個子很矮，提著一個旅行用的行李箱。」

搧著扇子的老人家說：「那種人啊，多得是。」他又盯著熾熱空氣中的某個定點，兀自嘀咕：「我不知道有誰進來，又有誰出去，這些事怎麼可能都記得住？」

小旅館的老闆或年輕人都會很無言地說：「那種人何止一、兩個？一天不知道有多少人來來去去咧。」

說不定我還是能找到女人的。雖然期待和昨天一樣落了空，但我吃了秤砣鐵了心，絕對不會停止在巷子裡尋找。

回到車站前，我開啟了夢想城市的大門。它是這裡規模最大的網咖，白天只開最少限度的燈，充滿悶臭混濁的空氣。沒搶到電腦的人乾脆將頭靠著牆，躺得七橫八豎。

「哇，這傢伙又來了耶。」老闆大剌剌地說，同時將短袖襯衫捲到肩膀上，露出結實的手臂肌肉。

---

1 쪽방，內部空間約不到兩坪、不需保證金的月租房，通常聚集在山坡上與偏僻地區，因房舍狹小密集，因而被稱為螞蟻房。

我說明了女人的長相和打扮，也說了有關行李箱的事，老闆一臉無聊的打哈欠，撓了撓一邊的肩膀。我看著胡亂晾在椅子和桌上的襪子和內褲，重複著相同的話。該怎麼說呢？這地方不像網咖，更像個臨時住所。可以從隔板之間隱隱約約看到人們隨意彎折的腰和背部。

有個人在角落沙發上躺得很爽，挖苦似的說：「幹，你需要的不是行李箱，是女人吧？」令人不爽的笑聲滲進香菸的烏煙瘴氣之中。老闆將一隻手臂擱在我肩上，從外頭看不到貼有藍色壁紙的玻璃門內側。

「我告訴你啦，年輕人，在這裡啊，弄丟一個行李箱根本算不了什麼。你知道每天在這裡發生多少扯到不行的事嗎？你自己想辦法去找吧，趁早放棄是最好。」

我沒有回嘴，他像是趕我走般領我到外頭。

「以後別再來了，要是別的事我倒是可以幫幫你。這樣不是搞得雙方都很累嗎？聽懂了吧？」

在關上門前，他又叮囑了一些事，但我沒有聽就轉過了身。需要工作就來吧，你必須工作，那比找到行李箱快得多。呸，我像是把老闆的話吐出來般，啐了一口唾沫。

太陽下山前，我回到了廣場。鼠男直直地躺在路燈的光芒構不著的牆那端，用手指敲弄放在頭旁邊的塑膠桶，嘻嘻笑著。一群老鼠全在狹小的桶子內勤奮地繞來繞去。我一言不發地走到附近坐下來，鼠男和我都沒有說話。

又過了一會，在車站附近打轉的員工打了聲招呼，走了過來。他們每天晚上都會在車站四周巡邏，向大家噓寒問暖。他們會帶來需要的物品，或告知可能有用的資訊。總之，一整天在烈陽底下白費力氣的我，實在沒有力氣和他們對話。

「聽說您的行李箱丟了？」來到車站的第一天，在天橋上遇見的女職員問道。

鼠男在一旁大呼小叫：「啊，李小姐，我的老鼠，我的老鼠怎麼辦？這些王八蛋老是偷我的老鼠。」

只要職員一出現，鼠男就會表現得像個孩子。尤其在女職員面前，不管是語氣或行為都變得格外幼稚。

「好的，老師，誰會偷老鼠呢？牠們是自己逃走的。所以說呀，乾脆去買好吃的來吃嘛，養什麼老鼠呢？」

「食物喔，屎拉出來就沒了，但老鼠一直陪在我身邊啊。看著牠們，說牠們好可愛，這就叫愛啊，不然咧？女人不是都喜歡這些嗎？呵呵。」

「難說喔。啊，對了，您還沒找到行李箱吧？」

職員打斷鼠男的話，和我四目相交。我輕輕點了一下頭。

「怎麼不來辦公室呢？別這樣，來打聽一下工作吧，我們可以幫您的。不過是行李箱，賺錢後再買一個就行了。」

「話說得簡單，做什麼工作啊，把自己累得半死。只會一直叫人做事，錢卻少得可憐。你別去做，千萬別去做。」鼠男提高音量抱怨著。

「哎呀，怎麼會累呢？您那時不也來了嗎？清掃辦公室又不花多少時間，做完那件事就已經算多了呢。您看我，我這樣的工作以時薪來算，還比您當時領得少。」

「但你們都不叫那個殘廢老人做事，卻給她錢啊。」

「人家年紀很大了嘛，身上又有殘疾，才會有補助金。這些您明明都知道。」

「是啊，所以我說，也給我點補助金嘛，給我一點啊。」

「那不是隨隨便便就能給的。再說，有了錢之後，您不是都扔在路上了？」

「扔？我哪有扔？我是去餵貓咪吃飯了好不好？」

我靜靜聽著兩人對話，兩人的話語從我身旁來來去去，但我一心只想著要找到女人。

「我必須找到那女人，我想找到那女人。」我不停嘀咕。

*

又過了幾天。

天亮了就是早上，天黑了就是晚上，時間觀念變得簡單扼要。晚上就睡覺，醒來就再次等待晚上到來。乍看之下，時間好像一直在通過，事實上卻是同一天無止盡的反覆。我無法感覺時間的存在，也許這對現在的我來說比較好。我正逐漸適應了這個地方。不，是這個地方豢養了我。

想像中的行李箱體型不斷擴大。撇開我實際弄丟的行李箱大小不管，失落感逐漸變得深沉寬廣，我努力想填補那個空缺，試圖送進更熾熱的情緒，維持滾燙的狀態，它們卻在轉瞬之間燒成灰燼。在彷彿永遠都會旺盛燃燒的情緒消失後，我宛如氣力盡失的老人般在廣場徘徊，做出與其他人相似的舉動。在這個過程中，我開始承認自己與他們無異的事實。

到了早上，我沒有到廁所擦洗身體，而是在廣場的一邊排起隊伍。輪到我時，先接過塑膠湯匙，接著拿一個碗，依序領取白飯和熱湯。以充飢來說，這些量遠遠不夠，但我仍細嚼慢嚥，努力不讓飢餓將食物吃個精光。

識得的臉孔一個接一個增加。推著手推車現身的鼠男、套了好幾條褲子的拐杖老婦、腳踏車上掛滿雜物的男人、手中袋子裝滿塑膠罐的女人，他們總是穿著和昨天相同的服裝出現，每天在相同的地方晃來晃去。

用餐結束後，就在車站周圍繞一圈，撿拾能派上用場的東西。人要維持日常生活，需要的東西太多了，我卻必須錙銖必較，思考到底是不是真的需要那玩意。在街頭，能擁有的物品有限，因為沒辦法揹著所有東西到處跑。雖然覺得一身輕的不便要比帶來便利的沉重包袱好，我仍然很不習慣斷捨離這件事。

骨架斷裂的雨傘比較容易注意到，喝了一半就被丟掉的水或飲料也不難撿到，我在找一個能放東西的背包、舊涼蓆、拖鞋和棒球帽等。人們通常不會輕易丟掉當下需要的衣物或棉被，而被丟在人潮眾多的車站的東西，多半都會有另一個人出現並迅速撿去丟掉。我很勤奮地在車站繞了又繞，因為無法用錢買到需要的東西，只能為了尋找被丟棄的物品而不停移動。

偶爾，我會走到睡著的人或喝醉的人身旁，帶回小毯子或褲子那類玩意，這是我從女人身上學到的方法。這兒的東西就是不停地玩大風吹，「持有」的概念壓根就不存在。東西只要進來了，就不會被丟掉，只會持續在這個廣場傳來傳去，但終究不會成為特定某個人的持有物。任何人都能成為主人，但都只是一時的。偷走這些小東西的我沒有半點罪惡感，既然我的東西被搶走了，那我也當然要搶走某人的東西。

到了晚上，我會加入大家的酒局。等開始微醺之際，時間就會邁開步伐，大步從我身旁走過，我的時間速度會和他人一樣變得均等。這時，我的內心就會變得無限寬容祥和，甚至會對拖著長長的身影回家的人萌生惻隱之心。要是醉得再厲害些，在空氣中飄浮的味道和噪音也都會沉澱，等我必須獨自承受的憤怒和羞愧消失了，豪氣逞勇則甦醒了過來。

「喂，年輕小夥子，你不是還年輕嗎？還是無所不能嘛。」

某個舌頭打結的人說的話令我興奮不已，彷彿全身細胞使勁地撐起了身體。碰到這種時候，我就會變成什麼都能做的人，躁動的自信感成為我的銅牆鐵壁。

「我年輕時也很風光的。我說過嗎？我可是當了十五年的公務員。」

莊家總是那個講話最大聲的人。出酒錢的人說話，喝免錢的人負責聽，要是幫腔說個兩句，他們的氣勢就會更高漲，最後就會喝個通宵，喝到口袋的錢都見底為止。

「別再說了。」等到醉意衝上來後，我嗆了一句，和他們動起手來。

「這臭小子，他媽的臭小子。」

他們嘴上飆著髒話，其實連站都站不好，只能踩著踉蹌的腳步，好不容易穩住了重心，也會立即攤倒在地上。我靠著拳打腳踢來制伏他們，沒有人是我解決不了的，他們都是一群老弱殘兵。我不斷大吵大鬧，引來注目，也開始拉高音量罵髒話。我趁大家目光集中的那一刻，抓緊機會朝對手的頭部或腹部揮拳，朝他跌個四腳朝天的身軀猛踹。等這些一起喝酒的傢伙四散，我就仰頭掃視周圍，對著在黑暗中眨啊眨的眼睛咆哮：

「看好了，敢惹我就是死路一條！」

在警察突然現身或援助中心的員工跑來前，我會帶著剩餘的酒和下酒菜離開那個地方。他們也不能對我怎樣，我知道他們也只會拉開雙方並勸架，或叮囑一些有的沒的，進行訓誡，所以我變得更膽大妄為。

日子過久了，街頭生活也就習以為常，如今我在能俯瞰廣場的舊車站附近有了一席地盤。起初的提心吊膽如融雪般消失得無影無蹤，也不再時刻四處張望。沒人敢對我叫囂，要我閃開。要是有人敢這樣對我說，不管是誰，我應該都能殺了他。我用憤怒層層包裹自己的恐懼與不安，這些情緒一天比一天龐大，一天比一天穩固。

到了晚上，我把偷來的東西墊著頭躺下，用帽子蓋住臉擋燈光，但還是沒辦法迅速睡著。為了守住骨架折斷的雨傘和拖鞋，我必須時時釋放殺意，直到如拳頭般大小的那個東西變得和臉、和身體一般龐大，我以憤怒、恐懼、不安為底，不斷滾動它，將它滾成一個巨大的雪球。

接著某一晚，我在廣場中央發現了女人的身影。

*

從上午開始，廣場一角就搭起兩個大棚子。今天是做免費健檢的日子，身穿白袍的人坐在長桌前，一群大學生則負責召集路人。很快就排了一條長長的人龍，因為做完健檢會發放冰水和麵包。

「有沒有哪裡特別不舒服？」

桌子很窄，女醫生的臉近得彷彿要碰上我了。我將椅子往後拉，坐得遠遠的，搞不好我身上的惡臭會令醫生不快。不，他們一定會佯裝若無其事，但我從他們的表情中看出他們在忍耐，而我討厭假裝沒有發現這件事。

「沒有。」

「那我替您看一下牙齒，請『啊』一下。」醫生蹲在半空中，做出張開嘴巴的樣子。「啊、啊——」

就在這時，排隊人龍間起了爭執。大學生不知道該怎麼面對那些不停耍賴、要求先發放水和麵包的人，急得直跺腳。反正過了今天，就不會再見到這些大學生，所以街友對他們頤指氣使，想怎樣就怎樣，甚至跑到堆放水瓶和麵包的紙箱處硬搶。

醫生再度說：「請『啊』一下。」

我憋住氣，然後才張開嘴巴。

「您有蛀牙呢，一、二、三、四顆，您知道嗎？」

我像個白癡似的張著嘴巴搖頭。

「您必須盡快治療，請到附近的牙科看診吧，有一顆比較嚴重呢。」

每當醫生用器材咚、咚敲我的牙時，我都會忍不住縮一下身子。花了十分鐘檢查完後，醫生簡單說明了一下我的身體狀況。因為還很年輕，相較之下算是健康的。在街頭的生活有害健康，手要經常清洗，要均勻攝取營養，要有充足的睡眠，要戒酒和戒菸，定期去牙科報到。醫生說的話宛如雜音般呼嘯而過。我領到麵包和水後，當場就站著吃光。

免費健檢一直延續到深夜。差不多傍晚時，大家把麵包當成下酒菜開起酒席，我也很自然地加入其中一群。今天買酒的人是參加「自活勤勞[2]」的韓先生。他靠一天花四小時撿廣場的垃圾或打理花圃，向市政府領取固定薪水。雖然補助條件是鼓勵案主用這筆錢去交考試院或螞蟻房的房租，擺脫街友的生活，但直到夜深了，他都沒回那個地方，更以房租都花光、沒錢了為由睡在街上。

「哎呀，我在那裡睡不著，睡在這麼寬敞的地方習慣了，怎麼睡得了那麼窄的地方。」

2 指在社會上難以成為正職員工，但並非完全喪失勞動力，因此獲得國家保障的工作，領取基本生活所需之薪水。

蹭酒喝的人都捧他為「韓社長」，但其實大家都知道，他是想逃避那黑暗的寂寥才逃到街上。習慣了街上的燈光、噪音、絡繹不絕的人潮後，就受不了那種伸手不見五指的靜謐。入睡前，面對自己徹底孤獨的短暫瞬間，一定讓他很煎熬。我快速喝乾杯中的酒，趁大家開始吵鬧前拍拍屁股閃人，先是經過鐵門已經拉下的購物中心，接著經過超市的正門口，女人就在那裡。

將上半身斜靠在花圃邊、坐在階梯上的，分明是那女人。米酒的酒瓶在地上滾動，辣炒年糕和血腸之類的食物被壓碎在地上，空氣中瀰漫著餿掉的米酒氣味。有三、四個老男人在女人身旁閒晃，此時正在注意著我的眼色。女人似乎睡著了，也像是失去意識，在花圃龐大的影子下，女人的身影顯得很嬌小，彷彿風一吹來就能輕輕拎起女人的身體，帶著她四處跑。我想起了在空中飄盪、讓人看了心驚膽顫的黑色塑膠袋。

行李箱不見蹤影，她一定老早就想辦法賣掉了，很可能就是拿我的行李箱去換那瓶在地上滾來滾去的酒和下酒菜。我用這種方式試圖點燃對女人的怒火，欲填滿體內的憤怒卻如洩了氣的氣球般乾癟，我只能眼看著憤怒束手無策地逐漸熄滅。

我用眼神趕走那三、四個老男人，翻了翻女人身旁的東西。她的行李就只有一個小購物袋，我將購物袋倒過來，一捆被捲起來的藥袋、兩片衛生棉、塑膠杯、牙刷和牙膏頓時撒了一地，從女人的口袋中倒是拉出幾張收據。全是買酒的痕跡。我算了一下日期，將收據甩在地上。女人沒有醒來，不，搞不好她早就醒來了。

我用單手將女人的頭部擺正，但她只保持垂直一秒鐘，隨即又倒向一邊。溼漉漉的髮絲黏在女人的臉頰上，酒氣沖天。我抓著女人的肩膀和腿晃動，扣除那顆圓鼓鼓的肚子，女人的身體骨瘦如柴，要是在上頭點火，彷彿馬上就會燃起大火。

「幹。」

我暗罵一句，然後深吸一口氣，為了保持醉意醺然的狀態，一口氣乾掉紙杯中剩下的酒。我必須採取比現在更激烈的手段才行。我努力地聚攏在體內飄浮不定的火種，試圖點燃憤怒。女人偷走了我的行李箱，那曾是我的全部，是這女人讓我淪落到這步田地，都是因為她。我將所有嫌疑都加諸在女人身上。

「我叫妳起來，給我起來，幹。」體內的某種東西蠕動了一下，像被啟動似的。我拉高了音量，全身也跟著發熱。「妳這偷東西的女人，起來，給我起來！」

我朝女人的臉頰摑了一巴掌。她的頭倒向一側，身體撞在地面。

「我叫妳起來！」

我放聲大喊，抓著女人的頭髮猛力搖晃，感到原本以為已經熄滅的憤怒緩緩甦醒。這股憤怒的本質是什麼？在我還未來得及整理思緒前，怒火已經吞噬了我，任意擺布我。我單手抓住女人的頭髮，用另一隻手搧了女人一記耳光，瞄準臉頰的手掌打在女人的眼睛、鼻子，然後移到了後頸。女人的臉很快就變得滾燙紅腫。

那晚的記憶逐漸變得清晰，抱住女人的感覺至今還完好無缺地留存著，這個事實令我難以忍受。那晚的觸感還留在我的指尖，像是均勻鼓動的心跳聲、髮絲的油垢味。搞不好我一直都在仔細反芻、回想那打從一開始就不存在的東西。我為無法忘掉一絲女人那晚留下的記憶而感到委屈。

我一把抓住女人的頭髮，將她的頭往地上砸。不，我是打算那樣做。那一刻，我覺得自己能殺死女人。她是把我的行李箱偷走的賊，殺死也無所謂，我試圖以被偷走的行李箱來牢牢壓制其他念頭。女人睜開了眼睛，很吃力地睜開一隻眼，另一隻則完全張不開，眼皮腫得很厲害。

「我的行李箱，交出我的行李箱！」我將嘴唇貼在女人的耳朵上，將吶喊聲推進去。「幹，交出我的行李箱，交出我的行李箱，妳這瘋女人！」

我一把揪住女人的頭髮，朝她破口大罵。女人表情微妙的扭曲，像被揍得鼻青臉腫的拳擊手，臉變得凹凸不平。我一隻手抓住女人的頭髮，然後舉起另一隻手。

「我給你，給你就是了。」

女人被抓住頭髮的頭無力地在半空中晃動，我把耳朵貼在女人嘴邊。

「啊，妳這瘋女人！交出我的行李箱，給我交出來！」

不管我問什麼，女人說話時都很冷靜，沒有半點驚慌或不安的神色，沉著的嗓音毫無半點動搖。女人繼續說話，而我為了聽她說話，最後只好閉上嘴。過了一會兒，女人的話終於清楚地傳入我的耳中。

「給你、給你，我給你一次，我給你。」

好不容易才靠自己的力量站著，但女人的頭再次往下垂。

＊

我背著女人穿越廣場。車站內的燈很快就會熄掉，出入也會管制。在凌晨首班車開始行駛前，和車站相連的地下道出入口都會被封鎖。我沿著燈光無法照到的那側加快腳步，女人的身體如高粱稈般輕盈，下垂的髮絲飄出微酸的味道，溼溼的髮絲黏在後頸和肩膀上。我必須不時停下腳步，把遮住我視野的髮絲撈到背後，女人將臉埋在我的肩膀裡，整個人一動也不動。

必須盡可能離車站遠一點才行，大半夜的公園應該很合適。雖然還沒決定該拿女人怎麼辦，但我仍快步走著。經過燈光熄滅的商店，穿過斑馬線，也通過了限高車道。呼吸越來越急促，全身也越來越熱，眼睛因不斷沿著臉流下的汗水而眨個不停。

所以，這一切可能比我想的簡單許多，反正女人的表情和動作都會被埋沒在黑暗之中，也看不到。女人偷走了我的行李箱，既然她把行李箱賣掉，還把裡頭的東西都處理掉了，想必也撈了不少錢。女人肯定把錢都花光了，如今我唯一能得到的就是女人的身體，這是很合理的代價。為了得到想要的結論，我很固執地想了又想。女人的嘴角流出黏稠、摻有血絲的口水，沿著我的後頸流下。我也不管現在是紅燈還是綠燈，直接用跑的穿越雙線車道。

公園一片漆黑，闃寂無聲，溼冷的空氣碰觸著皮膚。我一邊觀察可能會有人的地方，一邊往更裡面走。一定會找到合適的地方，絕對有，我像是下定決心般說了一遍又一遍。

過了許久，我讓女人躺在公園最內側設有圍網的地方，圍網另一邊的列車軌道紊亂交錯，可以看到不遠處的車站和尚未熄滅的明亮燈光。我將女人的身體稍微推向內側，避免碰到接雨水的鐵管。巨大的銅像露出漆黑的背影，兀自矗立，也因此這裡比其他地方陰暗。我環視周圍，雖然此時看不到，但一定有很多人藏身在這片黑暗之中。被夜晚露珠沾濕的草地和泥土摸起來濕濕的。

我拉開女人的雙腿，跪坐其間，接著只脫下了褲子。雖然心想要加快動作，我卻只是愣愣地俯視女人的身體。小石子和粗沙扎進了膝蓋和腿。一切都按照我的預想，公園很暗，走動的人很少，女人沒有反抗，姿勢顯得平靜安穩，彷彿不管幾次都願意接納我似的。

走路時感到燥熱的身體很快就冷卻了，我很敏感地察覺身體的溫度變涼了。我將手放入內褲撫摸性器，很久沒更換的貼身衣物變得濕濕軟軟的。我加快手的動作，但不管撫弄再久，性器依然委靡不振，沒有半點想要勃起的跡象。越是心急，身體越不肯聽話。

「沒關係，快點做吧。」躺在潮濕草坪上的女人緩緩地說。

我沒有回答。

「行李箱弄丟了。」

女人沒有道歉。圍網另一頭的末班高鐵鳴笛經過，強烈的車頭燈快速掃過我和女人的身體。女人和我同時閉上眼睛，習慣黑暗的眼睛一下子無法承受直撲而來的燈光，在周圍最為明亮的時候，我們的眼前完全陷入黑暗。

女人移動了一下身子，抬起頭，按著地面撐起上半身，我則像被釘住似的一動也不動。就算女人就這麼走掉，我也沒辦法阻止她。我如此想著，卻也只是想而已。明知光用想的什麼都辦不到，我仍只是一次又一次吞嚥溫熱的唾液。女人的手伸進內褲，緩緩地動了起來。我從女人的髮絲、身上聞到味道，無法被洗褪的街道氣味將女人的身體包得很密實，它將女人層層包覆住，最後合為一體，形成一層牢實堅硬的皮膚。

下體一陣發疼，我的嘴巴內變得滾燙不已。我張開嘴，卻發不出任何聲音，只感覺到從女人手中蔓延的氣息擴散到全身。儘管女人在咳嗽、流口水，她仍沒有停下動作。

「我沒辦法用嘴巴。嘴巴流血了，會痛，感覺就像要裂開了。」她還說：「我好累，快點做，我想趕快睡覺。」

接著，她又躺回潮濕的草坪上。女人的手一離開，原本鼓漲的氣息又快速消退。女人像剛才一樣張開雙腿，但張開四肢躺著的女人，看起來就像個死人。不，是彷彿即便死神降臨，她也會欣然接受。

「我說不定會睡著。你不做了嗎？」

我握著露在內褲外的性器，遲遲拿不定主意，接著轉過身坐著，機械式地搖動手腕。過了很久，宛如口水般的精液噴濺到泥沙混雜的地上。我坐在原地好一會，調整自己的呼吸。再也沒有地鐵或列車經過了，四面八方都很安靜，而我像是想壓制那股安靜般垂下頭。

我拉起褲頭。說不定女人已經睡著了，而我會偷偷離開這個地方。我立起一邊的膝蓋，撐起身體，零碎的小石子扎進了膝蓋，我用手拍落黏在腿上的沙子。

女人像在夢囈般低喃：「好冷。」

我以單膝跪姿的姿勢伸出手，指尖碰到女人的腳踝，摸起來很冰涼。女人穿著短褲，雙腿和腳掌都在發抖。我用雙手撫了撫女人的腿，再次蹲坐下來，雖然我的手掌很燙，女人的腿卻絲毫沒有變暖。

「好冷，太冷了。」女人念念有詞。

我單手握住女人黝黑乾瘦的腿，摩娑了許久。不管是女人或我都沒有說話，也都沒有對上眼神，就這麼撫著緩緩流逝的黑夜。

戀人們

在年輕健康的我面前，這地方表現得最吝嗇冷酷，
因為我所擁有的年輕，被視為了不起的本錢。
沒有人明白，
必須消耗的年輕多到吃不消，有多麼無助。

女人和我在援助中心前度過了上午，我沒辦法走進辦公室，只站在遠處等待女人。起初我會在天橋入口來回踱步，之後是在辦公室後頭徘徊。又過了一段時日，我已經能一屁股坐在辦公室前的長椅上等女人了。神奇的是，我絲毫不以為意。

女人從那個地方帶回咖啡，還拿到了麵包，有時還會拿著加了熱水的泡麵出來。但她只喝了一點咖啡，其他東西都沒吃，她把所有東西都遞給我，只靠咖啡就滿足了。今天女人拿回來的是兩袋小餅乾和一罐豆漿。女人將吸管插入豆漿，遞給我。

「妳吃一點。」

「我不吃，你吃。」

女人靜靜注視我吃東西，然後很快就將目光移到廣場上。白天的廣場人滿為患，卻很祥和，只是當人群如潮水般退去，那地方就會搖身一變成一頭飢腸轆轆的猛獸。在陽光底下，女人的臉沒有半點生氣，就像是放了很多天的麵包表皮般暗沉，下巴周圍和兩側臉頰附近有著紅疹似的明顯斑點。坐在旁邊的人只敢默默觀察我們，不敢貿然向我們搭話。

不久前，有個男的嘻皮笑臉地和女人打招呼。他把雙手背在腰上，微側著頭，堆出一臉的眉開眼笑。我不想和其他人對上眼神，原本一直盯著地板，這時我猛然抬起頭，直勾勾地盯住他的眼睛，接著一把揪住他的衣領，兩人在地上扭打起來。我朝他不停拳打腳踢，直到笑意從他臉上消失，而他當時吼叫的那些話，我到現在還全數記得。所有人都知道，每晚女人和我都會交纏在一起，在翻雲覆雨間連連發出喘息，就算有空鐵桶或寶特瓶朝我們飛來，我們也不會停止做那件事。女人和我共度的夜晚，老早就被赤裸裸地扔在燈光通明的廣場上，而我也不再去思考這些了。

就算整天都沒吃什麼東西，女人的腹部依舊圓鼓鼓的，雖然那顆猶如懷孕般凸出的肚子很礙眼，但我什麼都沒有問。沒問的事還有更多，而且逐步增加，但女人很快就會主動開口說，她會的。我很肯定。

過了中午，空氣變得灼燙，女人和我一起找個蔭涼的地方散步。等我們經過辦公室、穿越廣場，距離車站越來越遠後，女人會悄悄握住我的手。女人的手很小，但很結實，她牢牢握著我的手走著。從體型來看，可能會覺得是我在引領女人，但負責決定方向的是她。雖然女人的身高只勉強到我的肩膀，但她懂的事比我多上許多。

「會熱嗎？」女人撫摸我冒汗的手心，喃喃自語。

在路上奔馳的車輛打斷並吞噬了女人的聲音。

「沒關係。」

我抬高肩頭，拭去沿著臉頰流淌的汗水。不知為何，我對女人越來越順從聽話了。我們先過了馬路，接著經過一間很大的警察局。有人蹲坐在古代神獸獬豸的銅像前。天氣熱得要命，那人卻穿著厚重的外套，全身裹得緊緊的。將整個頭埋在獬豸腳下的背影，猶如傳說中的雪人般龐大笨重，從那個角落散發的惡臭，隨著空氣飄到整條街上。

女人說：「是十四億的女人耶，你知道那女人嗎？」

我搖搖頭，女人開始模仿她逢人就大喊「把我的十四億還來」的鬧事行徑。我想起之前看過類似的場面。她好像還曾因為氣不過，站到長椅上，指著天空大聲咒罵。曾經擁有十四億的女人，如今每天都到警察局前向獬豸祈禱，希望神獸能將十四億還給她。低聲嘟囔的祈禱聲很滑稽，也教人哀憐。別說十四億，我連十四萬、一萬四千元都不剩。不過，我並不覺得不幸，至少我的處境比那個蹲在獬豸前的女人來得強。我有自信，就算那女人擁有了十四億，我也不會羨慕。我做了很愚蠢的假設，然後兀自笑了。

「不過，她真的曾經擁有十四億嗎？」

女人眨了眨一隻眼，這時，女人就像小女孩般溫柔，是一個毫無所懼的大齡少女，而不是坐在堅實沉默中忍受孤獨的年邁女人。我很喜歡女人這個模樣。

「應該是真的吧，畢竟她說的不是一百億，而是十四億啊。」

女人噗哧笑出來，接著又不知不覺的從毫無所懼的少女，變回一言不發的年邁女人。女人呆呆望著前方，像是把頭放進了冰水中，逐一注視流逝的記憶。我絕對看不到的遙遠過去，緩緩經過女人的眼前。這搞不好只是我的錯覺，我卻開始焦慮不安。

我們經過銀行大樓，進入散步小徑的入口，沿著往上走，會經過飯店。即便是白天，經營賭場的飯店入口也擠滿了車輛。經過飯店後會看到圖書館，然後就能抵達高塔。以我的腳程需要一小時以上，女人則要花兩小時以上，說不定需要約三小時，不，搞不好女人根本就走不到那裡。

「以後你揹著我到那上頭。」

女人指著塔頂，朝我俏皮地眨了一下眼。當女人微瞇起一隻眼睛時，看起來很天真開朗。雖然我從沒稱讚過她美或漂亮，但至少這一刻很想試著說說這種讓人心癢癢的話。只是，話怎麼都說不出口。我連忙轉身、背朝女人，心臟瘋狂跳動著，彷彿能一口氣跑到那個地方似的。

「以後吧，以後再說。」

女人只作勢要趴在我背上，隨即就滑了下來。我跟她鬧著玩，試著用背部擋住她，但女人擺了擺手，再次牽起我的手。

我們並肩坐在飯店後方的紫藤花下，這裡很幽靜涼爽，偶爾才會有抽菸的員工走動。乘著山勢吹下來的風輕輕搔弄我們的肩膀和雙腿，天空灰濛濛的，空氣凝滯沉重，似乎馬上就要下雨了。我們抬頭仰望猶如屏風般環繞車站的大樓社區和住辦合一大樓，這些建築物就像大樹，彷彿每天都會長高一些。道路鋪上了新柏油，只有手掌般大小的迷你車輛成天壓著道路。所以，在那些高聳入雲的建築物之間的某處，在蔭影交疊的風景中，想必會有密密麻麻成排相連的房間吧。我的腦中浮現了又小又熱的房間，但只要足夠我和女人並肩躺著，不管是哪裡都好。我把玩著女人的指尖，替她揉了揉手腕和後頸，女人也很自然地垂下頭。

「大概昨晚沒睡好吧。」

女人輾轉反側時，我早已整個人睡死，對此我感到很愧疚。自從和女人一起過夜，我變得很不敏感。女人似乎將我所有尖銳的感覺都帶走了，即便是在炎熱又嘈雜的大半夜，我依然睡得安穩香甜。

「我都不知道，對不起。」

「因為你還年輕，當然很好睡。」女人回答。

我加重了指尖的力道。

「會痛，再下面一點，這裡。」

女人用手按壓肩膀。我替女人揉了揉肩膀，接著用大拇指替她按壓背部中段。我摸到了圓圓的、小小的骨頭。如果可以，我想像這樣觸摸女人身上的每一節骨頭。鼻梁上冒出了汗水。

「好了，累了就不必再按了。」

我沒有停下動作，現在我能做的也只有這些了。

女人喃喃說道：「你不能在這裡待太久，你還太年輕，要趕快想點辦法。」

「現在也很好。」

「你別這麼傻。」

女人像媽媽一樣以斬釘截鐵的口吻給予我忠告，而我只是靜靜聆聽。

「過完今天，明天就走吧。」

「去哪裡？」

「去哪都可以。你不是能工作嗎？只要賺了錢，想去哪都能去，你不能和我這種人待在一起。」

我沒有回答。替女人揉後頸的手滑到了她的胸前。女人挺直身體，抓住我的手臂。她掃視四周一圈，接著緩緩將我的手放進自己的T恤。我將女人柔軟的胸脯握在手中，小心翼翼地移動我的手。女人的身體起了細微的反應。如今我能夠察覺這種細微的變化。

「沒關係嗎？」

女人問道，而我一下子就聽懂了。像我這樣又老又醜的女人沒關係嗎？女人想確認這件事。

「怎麼了？為什麼這樣說？」我提高音量。

女人輕輕抓住我伸進T恤的手，將它抽離。

「這裡還算涼爽，對吧？」

我沒有回答。我們觀賞著勤快進出飯店的車輛及嵌在建築物上的眾多窗戶。我很想和女人一起在那飯店房間內睡上一夜，相信女人此時也有類似的想法。我們不約而同地保持緘默，兀自陷入想像中。白天很漫長，和女人在一起時，白天變得更漫長了。

我整天都在等待夜晚，盼望夜晚盡快到來。迫切的心情一天比一天強烈，對女人的情感也不受控制地與日俱增。我只是任由情感不斷滋長。有些東西，就算你不去照料，它也會自行長大。

「幾點了？」

女人問，我觀察著大樓的影子，它們長長的影子正逐漸朝道路內側傾斜。

「應該差不多四、五點了。」

「還要很久才天黑呢。」

女人瞇起眼睛，像是要估量白天剩下的長度，她所等待的不是我，而是微醺的朦朧感。我希望今晚女人可以不要喝酒，但我只是靜靜地沒有說話。女人將雙腿伸直到長椅尾端，躺在我的膝蓋上。我輕輕撫著女人渾圓的額頭，接著彎下身子，在她的額頭輕輕印上一吻。

*

相較於白天，女人在晚上比較多話。白天時她幾乎不說話，靜靜地承受時間的重量，直到晚上來臨，才把徹底被揉皺的話語攤開來緩緩細讀。我閉著眼睛聆聽，女人的嗓音如音樂般從遠處傳來，時而又像是聽不懂的外語。話語在我耳畔繞了一圈，接著不知不覺消散在空氣中。我接收不到女人說的話，就像頻率不對的廣播，只覺得它們企圖逃離這裡。每當這時候，我就會覺得自己被推開，距離女人越來越遠。我朝女人敞開耳朵，靜靜地伸出手，將手放在她的臉頰、手、肩膀和腹部上，彷彿想確認女人的存在般，花一整晚的時間，觸摸她身上的每一處。

火紅的晚霞鋪在街上，女人和我像是在建築之間泅水般游了出去。密密麻麻相連的招牌亮了，街上飄著香氣四溢的油香和濃郁的肉香，這些味道喚醒沉睡的飢餓感後就溜之大吉。我配合女人的步伐，走過一間又一間餐廳，就這樣又多走了一個公車站的距離。

來吃免費餐點的人擠滿了教會的院子。雖然還有三、四個提供晚餐的地方，但這個地方距離最近。我們排在隊伍的最後面，照這情況看來，恐怕要等上一小時才行，要是運氣背一點可能就沒飯菜可吃了。我探出頭，眼球快速地轉動，數了一下前面排了多少人。

「乾脆回車站喝酒吧。」

女人嘀咕道，不像我那樣焦慮不安。無論在什麼情況下，女人都懂得發出沉穩的聲調。搞不好如今已經沒有什麼能令女人不安的了。女人表現得就好像經歷了世界上所有不安似的，沒有期待，也不盼望。要是事先就預設悲觀的結果，一天該會過得多平靜啊？我的腦中浮現了女人為了領悟這空洞的和平而獨自奮鬥的身影。

「昨天不是已經喝很多了嗎？好歹要有一餐好好吃啊。」我像個大人般說道。

「怎麼？你擔心我？」女人露出開玩笑的表情。

「因為妳喝太多了。」

「你擔心我會喝到掛啊？」女人有很頑皮的一面。

「怎麼說這種話。」

在此同時，隊伍快速變短。將飯菜和熱湯盛裝到餐盤上要不了十秒鐘，我握住已經轉身的女人肩膀，將她轉了回來，接過等待許久的熱騰騰米飯。我們就跟其他人一樣，彎著腰站在簡易帳篷用餐，也沒有祈禱什麼的。女人分了一部分飯到我的飯上頭，自己只吃了一、兩口。我沒有逼她多吃點，而是將兩顆鵪鶉蛋放到女人的湯匙上。吞嚥經過調味的食物一定容易得多，女人咀嚼了許久，才將鵪鶉蛋吞了下去。

回到車站後，女人在打烊超市前的那群人之間坐了下來，我則像被某人丟下的行李箱般，在離他們稍遠的地方找了個位置。自從女人出現後，我就不樂於見到那種酒局，儘管如此，要是有人遞酒給我，我也會接過來一口氣喝掉，因為只有酒瓶見底了才能閃人。

每天大家都像說好似的，在回去的路上買酒，大多是領國家或市政府援助金或補助的人。說好要拿來自力更生的那筆錢，全被他們花在吆喝、召集人馬上了。就算沒有錢，他們照樣有辦法活下去，自然是天不怕地不怕。他們拿錢去買酒，直到花光為止，召集人馬喝酒，直到喝醉為止，接著憑藉那單薄的醉意大肆談論人生、希望與不幸。他們用這種方式，多少驅逐了體內的孤獨與寂靜。

「你們兩個是愛人喔？」某人嘻皮笑臉地問。

這種問題讓我很不自在。我是女人的愛人嗎？我們是愛人嗎？這問題有點複雜。從某方面來看，我和女人確實是愛人。每天晚上，我倆會藏身在暗處，激烈地朝彼此猛衝。在我的手觸及之處，女人的身體柔軟得難以置信，原本僵硬的肌肉放鬆下來，變得很溫暖，宛如硬皮般的沉默也逐一脫落。唯有在完美的黑暗中，才能見到無人能見到的，女人真實的面貌。

「晚上時為什麼要那樣對我說？」

我將臉緊貼在女人耳邊說悄悄話，內心暗自希望女人不是會隨便對人說那種話的人。就算過去逢人就說那種話，我也希望她否認。我不希望她是那種會隨便走向任何人，要求躺在對方旁邊，也不是那種會像是狡辯般隨便交出身體的人。我的手溫柔地撫觸女人的身體，經過大腿和腋下時，女人彷彿受到驚嚇似的縮了一下。

「我那時喝醉了，我又不可能記住所有事。」

女人故意用很冷漠的口氣說，但等到我在女人的耳邊搔癢，拉下衣服之後，她就會彷彿解開門閂般說出令人渾身發熱的話。

「偶爾，我覺得好害怕。」這時候，女人的聲音就如同剛烤好的麵包般濕潤香甜。「我也不知道，大概是想要這樣被擁抱吧。」

女人的身體柔軟、敏感得令人詫異，那種柔軟與敏感的感覺喚醒了在我體內沉睡的某種東西，一團龐大的能量在全身疾速奔馳。女人說了又說。

「你可能無法理解，不過是我認出了你。我還是第一次這樣，之前不曾如此。」

女人的嗓音宛如石頭般堅硬，卻帶有溫度，色澤和溫度都活過來了。這時，女人總算像個活著的人，那活力與生氣吸引了我。

「你說，你喜歡我嗎？」

女人還懂得說這種話，完全不感到害羞，也沒有半點扭捏。在肌膚貼合的那一刻，女人猶如一盞突然點亮的燈般散發光芒，絲毫沒有隱藏或退縮。

等到天亮了，一切宛如夢般消失不見。從睡夢中醒來的女人就像剛出遠門回來，疲倦地支起身子，再次替自己罩上厚重的倦怠與絕望，表現得就像完全想不起昨夜發生了什麼事。

「你太年輕了。」女人斷然說道，從我身旁退開。「我們能一起做什麼？」

她劃清界線，像是想擊退我。碰到這種情況，女人總是又退到了線外，令我無可奈何。也就是說，我們現在什麼都不是。夜晚是愛人，白天卻形同陌生人的我們，要如何說明我們的關係？這就像是用「老師」來稱呼街上的人一樣模稜兩可。

我生著悶氣，從頭到尾板著一張臉，接過酒喝下。

*

援助中心的辦公室全天候開放，白天處理公務，晚上則看守廣場，避免發生突發狀況。到了晚上，就是整天鬧哄哄的辦公室也明顯冷清許多。替那些憤怒的人做收尾工作的職員，這時也才能坐下來喘口氣，坐在大廳看電視的人也不時打起盹。

過了子時，女人和我會到辦公室最裡邊的淋浴間清洗身體。淋浴間有兩間，像更衣室一樣小，裡頭只有安裝一個蓮蓬頭。雖然有分男女，但很少有人遵守這個規定。我先仔細確認地板會不會滑、是否留有肥皂或牙膏等物品後，才讓女人進去。這是指女人沒有醉得那麼厲害時，要是女人醉到無法站穩，我就只能攙扶著女人，勉強替她擦拭臉或手腳。幾乎每天晚上，女人都會喝到不勝酒力為止。

「好冷，冷死了。」

即使是炎炎夏日，女人的手臂和腿仍一下就冒出雞皮疙瘩。

「忍耐一下，馬上就好了。」

我安撫女人，女人按著我的頭站立，像是下一秒就要跌倒般搖搖晃晃。我伸出手臂摟住女人的腰，另一隻手快速替女人的腳底和腿部抹上肥皂。嗯，嗯。女人好像覺得很癢，腳不停動來動去，時而發出像哼歌般的笑聲。女人的褲子發出悶臭味，我肯定也半斤八兩。我用滑溜溜的手掌替女人按摩腳掌和小腿。留在腳和腿上的傷痕，在白色泡沫中時隱時現。

「為什麼會這樣？」我抬起頭問道。

右腳掌的疤痕很深，足有一根手指那麼長。女人稍微低頭看了一下自己的腳，接著又恢復呆滯的神情。

「這我怎麼可能都記得？不過，我覺得好冷、好冷。」

喝醉酒的女人就像個孩子，很愛撒嬌，又很固執。以果斷的語氣說話、給予忠告的女人消失了，只留下一個不諳世事的小女孩。這時，我就會感到洋洋得意，彷彿自己成為女人的全部，是女人不可或缺的重要人物。也許就是因為這樣，我才會每晚任由女人變成這副德性。

「會痛嗎？」

我用手指輕輕按了一下腳底的傷痕。要不是待在這麼明亮的室內，很難發現這種細微的小地方。每天都在幽暗的街上觸摸女人的身體，沒辦法像現在這樣好好看個清楚。即便進入女人體內的那一刻，我也看不見女人的臉。我想讓女人躺在明亮乾淨的地方，一直俯視她的身體，哪怕是一次也好。

女人似乎覺得很吃力，想直接就地坐下來。在她的臀部尚未碰到滿是髮絲、泥土、石子的水泥地板前，我使盡力氣的攙扶她，想讓她站好。女人的身體猶如一個空布袋，身體在我的手臂上對折成一半。我抱著女人，替她在臉上抹肥皂。女人的臉很小，一個手掌就能全部遮掩，如雜草般從頭頂冒出來的白頭髮閃閃發亮。女人激烈地掙扎，企圖掙脫我的手。

「等一下，快好了、就快好了。」

明天我必須想盡辦法制止女人，但我很可能無法堅持到最後。昨天也是，前天也是，我雖然下了類似的決心，最後仍任由女人喝得酩酊大醉。明天，我大概也是束手無策吧。也許我是在恐懼，如果沒有酒精的催眠，就無法和女人一起過夜。醉意，使我們之間變得無比柔和，倘若沒了那種潤滑劑，我們還能一同共度夜晚嗎？

正如女人所說，我能感覺到兩人之間有一些無法輕易跨越的障礙——夜裡全力奔向彼此，但到了白天，卻讓彼此彷彿說好似的閉上嘴巴，默默後退三、四步，立起一堵高牆。也許，兩人其實都很拚命地想要翻越那道堅固的高牆。為了避免看到那面牆，於是藉助酒精的作用，但酒醒之後，又能清楚看到那面牆，只好再次選擇大口灌酒。

我抬頭仰望擋在女人與我之間的那堵高牆，試著用手背敲敲看，也用手掌去摸摸它。也許，導致這堵牆一天比一天更堅固厚實的正是女人和我。不，搞不好是這個廣場。又或者，是我們正不自覺的，一點一滴地堆高牆面。

有些人天還未亮就去了人力事務所，然後三三兩兩地回來了，肯定是因為下雨撲了個空。就算不是，願意給居無定所的他們工作的地方也不多。明明他們在這裡吃喝拉撒睡，在這裡展開、結束一天的作息，這裡不就是他們的家嗎？儘管如此，也不是不能理解，為什麼他們會被視為居無定所的人。

＊

雨反覆下下停停，在車站盤旋不去。因為這陰晴不定的雨，大家只好在大樓附近徘徊、消磨時間。我也沒必要撐雨傘跳進雨中，於是就在同一個位置坐了好幾個小時，觀賞來往的人潮。空氣中飄散著一種如毯子進水般沉重的感覺，令人難以相信現在才上午九點。大型電子螢幕上氣喘吁吁地浮現列車的班次和時間，已經有這麼多班列車抵達、出發了，現在卻連中午都還不到，這實在太令人惱怒了。

女人一早就和中心的職員出去，到現在還沒回來。本以為一小時就夠了，但已經過了三小時。女人只簡單扼要地說有事要辦，我馬上就答應了。一直都是這樣。當女人劃清界線時，我無法追問或計較。這時候的女人斷然得嚇人，就像初次見面那樣疏離。剎那間，對女人來說我什麼都不是的絕望感淹沒了我。雖然竭力想不當回事，但每次都會被女人發現我的心情與情緒，沒有一次例外。

「這又沒什麼，你到底為什麼要這樣？」

追究的反倒總是女人，我一句也不能吭，不能表示好奇，不能表達自己想知道，也沒有提出要求。畢竟要是我問了，女人擺明了會反問：

「維持這樣不就夠了嗎？你還期待什麼？」

我猛然站起身，搖搖晃晃地在車站內走來走去。大門敞開的漢堡店洋溢著香甜的氣味，緊挨著坐在一起的人張大嘴巴咬下漢堡，也有人伸出舌頭舔著冰淇淋。經過漢堡店、冰淇淋店、超商和餐廳後，我仍持續走著，從店面飄出的氣味遲遲無法散去，一直聚積在車站內。要是在半路上能撿到錢就好了。雖然不覺得肚子餓，仍暗自期盼能走點好狗運。再不然，如果走一步可以老三歲也不錯。要是像坐在輪椅上的老人一樣又病又老，搞不好某個路過的人還會大發善心，扔一張五萬元紙鈔給我。

在年輕又健康的我面前，這個地方表現得最為吝嗇冷酷，因為我所擁有的年輕被視為很了不起的本錢。無論是在此停留的人，抑或只是路過此地，都同樣欣羨年輕的我，好像認為我擁有非常不簡單的東西。沒有人明白，必須消耗的年輕多到吃不消，有多麼教人無助。

妳很老，我很年輕，但既然我們都在這個地方，不就代表是相同的嗎？不，應該是來日不多的妳還強過我吧？

我嘀咕著沒對女人說出口的話。搞不好女人已經回到辦公室了，但說不定也沒打算找我，自顧自地沉浸在自己的思考中。搞不好她現在就坐在長椅上，呆呆望著外頭，或者和坐在旁邊的人閒聊。我做了無數個假設，越來越鑽牛角尖，然後無力地癱坐在後門那群人之中。外頭烏雲密布，就像夜晚一樣昏暗，我不顧一切地將清澈的酒往空腹裡倒。

今天買酒的是鄭室長，這裡的人都這麼喊他。他遞了一張名片給晚來的我，態度恭敬有禮。雖然上次就收過一張，更早之前也收過，但我仍像初次收到般前後翻轉、看來看去，才放進口袋。

「你媳婦去哪了？」拐杖老婦問，眼神已經逐漸渙散。

我一言不發地替老婦斟滿酒杯，雖然坐在屋簷尾端的老婦背部都已經濕透了，卻沒有半個人說要換位置。若她要移動，就必須立起拐杖，還得撐起僵硬的雙腿，經過一番勞師動眾才能辦到。那雙被包在好幾層褲子內的雙腿如今已經如石頭般僵硬了。不，是像腐爛的香蕉般軟爛才對。不管是哪一種情況，她都只能選擇灌酒買醉。

「我問你，你老婆去哪了？」

「什麼老婆？才不是那樣。」

我反射性地回答。停車場那邊飄來潮濕紙板的味道，是那些放在超市的空箱子。我得趁天黑前去那裡找幾個乾的紙箱。直到那一刻，我的心中仍惦記著女人。一天都還沒走過一半，我就已經開始等待和女人同寢的夜晚，這樣的自己真是沒出息。

「奶奶，說什麼老婆啊，是愛人啦，愛人對吧？」坐在旁邊的某人插嘴，是個四肢如嶙峋枯枝的老頭。

「噢，真的嗎？」鄭室長瞪大雙眼，一臉毫不知情的純真表情。

我倒了酒，一口氣乾掉。

「真的嗎？你有愛人喔？哇塞。」

他甚至眉開眼笑的。我覺得好像會有人冷不防開始說起女人的事，擔心鄭室長會誤解女人又老又醜而不安。不，我是怕他發現女人又老又醜的事實而提心吊膽。

我很尖銳的語氣說：「不過，是真的會給錢嗎？」

有人聳著肩膀在咳嗽，鄭室長像是要朗讀寫在紙上的文章般，冷靜沉穩的開口，我一邊撈起杯麵中冷掉的麵條吃，一邊聽他說什麼。

他說起郊區工廠的事，嘆了口氣，說明如何使用溫度超過一千四百度的玻璃窯的方法。「要是連那些孩子都沒了，就得關門大吉了。」他說的孩子指的是外籍移工。幾天前，有兩個工作的傢伙跑路了，導致工廠經營越來越困難。他還說了有關鹽田和大型畜舍的事。

「畢竟最近大家都避諱在那種地方工作嘛。」

他要我們把身分借給外籍移工使用，如果願意這麼做，就可以從每個月的薪水中抽百分之十。還說借出身分的同時，會支付酬謝的紅包。

「就算這樣，他們還是想工作，畢竟回到自己的國家，他們也沒有什麼維生的辦法。」鄭室長喃喃自語，好像覺得他們很可憐。

「那要怎麼拿到那筆錢？鄭室長你又不會每天來這裡。」拐杖老婦問，用手抹了一下嘴角。

「我會幫您辦帳戶。老人家，也可以用我的名字去辦。要是信不過我，也可以預支一年的錢給您。」鄭室長斬釘截鐵地強調：「這不是說謊，我可不是那種人。」

他甚至打開皮夾讓我們看裡面的錢，但依然沒有人爽快地說「就這麼辦」，大家只是愣愣地看著塞滿皮夾的鈔票，好像覺得很神奇。酒瓶倒了，地面濕成一片，鄭室長連忙站起身。

「我再去買點酒回來。」

他單手遮住頭頂，衝進大雨中。確認他走遠了，拐杖老婦才悄聲說：「笑死人了，天下哪有白吃的午餐。」

我不同意這番話。狗急也會跳牆，倘若鄭室長的話屬實，那麼借出姓名那三個字也不是多嚴重的事。如果可以把毫無用處的名字借給他人，再從中收取報酬，這項交易聽起來很不賴。我希望一個月能有那麼一兩次，能給女人買點好吃的，與她在能遮風避雨的地方睡上一覺。

「不能期待好運從天上掉下來。」老婦不停低喃，像是在說給自己聽。

那不然，我能期待什麼？如果連期待天上掉下來的好運都被禁止，我還能做什麼？老婦一口氣喝乾縐巴巴紙杯內的酒。看到老婦的下半身停留在原地，只有上半身到處移來移去的模樣，就像一尊沒組裝好的玩偶般滑稽。如今已經沒有人會問老婦有沒有去醫院了，除非兩條腿徹底爛掉、失去雙腿，否則老婦大概都不會去醫院。八成只會不斷謊稱自己去了醫院，試圖保住自己逐漸失去用處的兩條腿。我抬頭看著逐漸變粗的雨柱，女人不在的一天，就像兩天、三天、一個月或一年那樣漫長。

*

女人經常出去，時而搭職員的車，時而獨自行動。雖然有時兩、三個小時就回來，但多半都是過了大半天仍不見人影。女人仍只簡單說了有事要辦。

搞不好女人已經厭倦我了，開始嫌全身上下只有年輕這項本錢又不懂事的我麻煩。說不定她早已做出判斷，認為什麼都不懂又一無所有的我靠不住。每當這麼想，我就會覺得無法像女人那樣說有事要辦，頭也不回地走掉的自己實在很沒用。對女人來說，還有許多事比我重要，這令我感到失落，也對什麼都無法過問的自己感到煩躁。

「等一下三點見。」

「七點在超市前面等我。」

「你待在車站裡。」

女人總是單方面通報後就轉身，一次也沒有回頭，表現得就像完全遺失了昨夜的記憶。女人的心情無法掌控，她瞬息萬變，早上猶如進了水的棉花般沉靜，白天像在生悶氣般沉默，到了晚上又像隻綿羊般溫馴。唯有在世界的所有形體都傾頹的黑暗中，女人才會全然集中在我身上。女人的一切都只為我敞開，她將我的臉龐拉向自己，喁喁細語。

「別拋棄我、別拋棄我。」

女人像是走投無路似的哀求我。我心情大好，於是調皮地反問她。只有大半夜時，我才能這麼問。雖然這種做法很卑鄙，但我也別無他法。

「妳是真的喜歡我對嗎？」

有時，女人會靜靜吻上我的脣，有時則不發一語地緊緊抱住我。女人的心臟雖然跳動得很緩慢，我卻能感覺到在女人體內流動的血液越來越滾燙。那一刻，我能肯定女人是喜歡我的。那股確信令我飄飄然，絲毫不感到疲倦。

剛開始幾天，我們將紙箱鋪在公園最僻靜的角落，躺在那個地方。每當列車或地鐵經過時，就會響起轟隆轟隆的引擎聲。我們躲在如雷貫耳的噪音中，摸索彼此的軀體。只是更多時候，會有人突然冒出來，逼得我們不得不見機行事或變得遲疑。我們也會在超市停車場或限高車道下過夜，但不管去哪裡，燈光和噪音都無所不在。我們無法全然投入對方，終於明白了要不了多久，將會失去所有能專注在彼此身上的地方，也接受了全然投入是不可能的事實。

儘管如此，我們仍會花上一整晚，努力想集中在彼此身上。只有在極為短暫的瞬間，才能不去意識到周遭的一切，全然投入。為了在短短的那一刻觸及女人的最深處，於是我變得更加賣力，但越是急躁，動作就越慌亂笨拙，怎麼樣也到不了心滿意足的境界。

「沒關係。」女人說，溫柔地撫了撫我大汗淋漓的背部。「再慢一點。」

有時，她還會輕輕推開我的肩膀。這時的女人非常老練，懂得怎麼細膩地對待只會一頭熱猛衝的我。我被女人的身體豢養了，逐漸習慣了女人的聲音和一舉一動，能聽到聽不見的聲音，看到看不見的景象。我繃緊了全身的知覺，竭力想讀懂女人的全部，然而，等到天一亮，夜裡彷彿已對女人瞭若指掌的滿足感又消失得無影無蹤。

「晚餐記得吃，晚上我就回來。」

有一天，在明亮的廣場中央，女人又這麼說了。車站周圍有橫幅布條飄揚，一群身穿黑色T恤的人正四處奔波，忙著安裝喇叭和大聲公。我全神貫注地盯著忙碌奔走的人，穿相同T恤的人填滿了整個廣場。

「妳到底是要去哪？」我沒好氣地問。

我沒有說不管去哪裡，我都想和妳一起去。

「我要去個地方。不然你以為我都沒事幹嗎？」女人像是想打退我似，語氣冷淡。

妳能有什麼事？雖然很想如此頂撞，但我再度反射性地退後了。我對女人來說什麼都不是，什麼都無法替她做，這種無力感瞬間將我緊緊包圍，讓我動彈不得。女人要去見某個人，說不定還可以離開這個地方。我無法遏止這件事發生，沒那種資格。無法握在手中的心意不會賦予你任何資格，這種情感如飄浮在空中的塵埃般微不足道、毫無用處。女人的背影，在幽暗的地下道一格一格下沉。

為了不再等待女人，我必須做點什麼不可，但沒有要見的人，也無事可做的我，實在不曉得該怎麼打發時間。

我輕鬆地跳過閘口，一整天搭著地鐵繞來繞去，在陌生的車站下車，在鐵軌附近閒逛。我在什麼地方都能睡著，然後在莫名其妙的地方醒來。反正我在哪裡睡著或醒來都不重要，我能回去的就只有廣場，只能回到女人所在之處。不對，按照女人所說，不回那個地方可能還好一點，儘管如此，我仍擊退睡意，努力搞清楚自己站在哪裡。當我爬起身時，有人扔在我身上的銅板或紙鈔會掉到地上。雖然並不常見，但偶爾會遇上。我迅速撿起掉在地面的錢，要是運氣好，蹲著的時候，還會有人再遞鈔票或銅板給我。我不需要拒絕或遲疑，不管是什麼，先塞進口袋再說。

我和撿廢紙的光頭一塊在大街遊蕩，打發剩下的時間。因為突然湧現的人潮，根本不可能推著手推車行走，光頭於是將手推車綁在行道樹上，繼續走著，邊走還邊翻開手冊確認備忘錄。

下午有兩個活動，在民俗年糕博物館用五色年糕和油蜜菓子解決遲來的午餐，再到大型書店去排隊品嘗外國料理和飲料。排隊的人潮從書店的地下入口開始，一直排到地面上的階梯，光頭和我光是為了排隊就耗掉整個下午。要是活動整夜都不打烊，要我們排幾次都可以。我將一塊手指大小的炸物放入嘴裡，再將一小片散發咖哩香氣的薄麵包裝進紙杯封好，心想說不定這會符合女人的口味。

正在狼吞虎嚥的光頭說：「做這些沒用啦。」他在褲子上抹手，又說：「那女人關係很亂的，自古以來，街上的女人都不可信，你要知道這點。」

我並不相信那些關於女人的竊竊私語。無所事事又飢腸轆轆的人，總喜歡散播惡意的謠言，他們就愛用這種方式來刷存在感、消磨時間，不會有絲毫良心譴責。我曾聽過一個謠言，說女人來者不拒，用身體交換金錢，但我並不介意。在男人占大多數的這個地方，很自然地會藐視、輕待女人，他們是因為無法擁有女人才惡意中傷。我和他們不同，所以才能擁有女人，我以這種態度對抗他人的閒言閒語。

白天時，如果碰到店面打烊或酒館開始營業，就能撿到不少廢紙和回收物。光頭趕緊整理手推車，戴上棉手套。雖然已經聽過很多次，拾荒掙不了多少錢，但我仍問了一句。

「做這個可以賺多少？」

「問這做什麼？」

「如果很認真做的話，可以賺多少？」

說出「認真」兩個字後，我立刻就後悔了，因為想到光頭並不是沒有認真做才賺不了錢。

「怎麼？你想離開這裡？」

我沒有回答，光頭指著手推車。

「這個就超過十萬元了，但也是有這個，收入才算可以。我原本以為拚死拚活的做，生活應該會好過點，根本他媽的賺不了幾個錢。」他抓了抓把手，又補了一句：「反正我是沒打算離開這裡啦，不過你應該會吧？你還這麼年輕，要是再廢個幾年，八成就會跟這裡的老人一樣全身是病。」

「既然沒有打算離開，為什麼要工作？」

「當然要拚死幹活啊，不然要做啥？時間有這麼多耶。搞不好時候到了，我也可以離開這裡。」

「那是什麼時候？」

「幹，等到我撿破爛撿到可以買一輛卡車啦，行了吧？啊，反正，我是叫你去找那種小姐，不要跟老太婆廝混。」

光頭指著女性路人的背影。她們穿著短裙，底下一雙白白嫩嫩的腿，看起來很結實健康，甚至給人一種新鮮的感覺。我想起女人被傷疤和塵埃覆蓋的一雙瘦腿。如果讓那些小姐和女人並排站在一起，誰都不會去瞧女人的腿一眼，即使是此刻相信自己愛著女人的我也不例外。我就像再次發現某種不想碰到而刻意推得遠遠的東西般，內心感到很不自在。

女人和我並未選擇彼此，令我們相遇的是街頭的人生，是聚積在車站內的時間。我想起女人布滿皺紋的臉和粗糙的皮膚，想袒護我擁有、但女人缺乏的年輕本錢，說穿了，我和女人也沒什麼兩樣。若不是在這裡，女人也沒有必要和我來往。

我和光頭分道揚鑣後回到了車站，女人卻不在說好要碰面的地方。我在車站畫了一個大圓的打轉，尋找女人的身影，穿越嚴密包圍廣場的武裝戰警和最後階段的示威隊伍。從大聲公流出的聲音像鞭炮般炸開，不知誰遞給我一張傳單，我看都沒看就揉成一團丟掉了，甚至還用力推了那些人的肩膀一把，就像一顆隨時會爆炸的炸彈般憤慨激昂。不管是誰，只要敢找我碴，我絕對饒不了他。我不斷咬著嘴唇。一直都這樣，對女人來說，和我的約定壓根就不重要，她肯定早就忘得一乾二淨，不知道跑去見誰或在哪大口喝酒了。

我的猜想果然沒錯。

我在天橋入口發現女人正在和一群人喝酒，她將頭半靠在旁邊的男人身上，從遠處看像是睡著了，也像是完全沉醉在當下的氣氛中。我恨不得立刻跑過去把女人拉開，卻停下腳步，像個無關緊要的人般在周圍走動，不敢貿然走近。我暗自期待女人可以抬起一次頭看看四周，但她沒有這麼做。我躲在暗處，一次又一次地盯著將肩膀借給女人倚靠的男人臉孔，對女人的憤怒瞬間轉移到男人身上。

我任由怒火恣意燃燒，最好它能燒掉我的全部，燒掉整個車站，燒掉這整條街。要是一切都能燒成灰燼、化為烏有就好了。我像個大忙人般跑來跑去，但仍未脫離街道的範圍，只是像顆行星般不斷地繞啊繞，卻無法脫離軌道、彈跳到外頭。我將口袋裡的紙杯扔到地上，在活動會場領到的那片白麵包旋即就弄髒了。

*

有一天，為了問女人擱在心中許久的問題，我從傍晚就開始喝酒。領補助金的日子都擠在月底，所以也是大家出手最大方的時候。我在廣場繞了一圈，接過一杯又一杯免錢的酒，很快就喝醉了。等到快睡著時，我只是像顆石頭般躺著，朝空中不斷噗、噗地噴出熱氣。

「你是和誰喝成這樣？」

躺在身旁的女人將手放入我的T恤內，揉了揉我的胸口和肚子，我完全不曉得白天不在廣場的女人是何時回來的，也不知道她去了哪裡、做了什麼。儘管女人摟住我的腰、握著我的手，還輕輕撫摸我的臉龐，我依然氣鼓鼓地盯著空中，發出紅光的照明燈在大樓頂端閃爍。

「妳今天做了什麼？」

說話時，我沒有看著女人。

「還能做什麼？就做點這個、做點那個，有點忙就是了。」

見女人泰然自若地回答，我忍不住噗哧笑了一下。妳到底有什麼好忙的？我的笑意中隱藏著那種譏諷和奚落。

「我不是說了嗎？我有時候會很忙，沒道理要我整天窩在這裡吧？」女人的手瞬間從我的T恤內抽出。

具攻擊性的話語馬上就要脫口而出了，我調整一下呼吸，避免滾燙的話語蹦出來，砍傷女人和我。

「妳以為我不知道吧？」儘管如此，我依然忍不住冷嘲熱諷。

「你在說什麼啊？」女人支起上半身，直勾勾地俯視我。

我緩緩地動了動門牙，一點一點咬著臉頰內側的肉，心想一切都毀了。仰頭看著女人冷酷僵硬的臉，我忍不住後悔自己沒有換個方式問，但另一方面，我很確定女人之所以生氣，是因為其中有什麼蹊蹺。

「我都知道，我全都知道！」

我猛然爬了起來，同時拉高音量。當然我並沒有將大家的話照單全收。說實在的，我無法相信女人會跟別的女人一樣，為了幾毛錢就允許其他男人碰自己，還若無其事地做那檔事。我不願相信，也難以想像女人在整間都是尿騷味的廁所、在黑暗的公園長椅或無人的樓梯間做那檔事。我也不願去想女人離開廣場去見其他男人，出賣自己的身體，最後帶著手中為數不多的錢回來。但若非如此，又該怎麼解釋女人手頭上總會有一點錢，以及經常不見人影？更何況，女人連辯解的念頭都沒有。那些從別人口中聽來的話頓時沒頭沒腦地傾巢而出。

「我不願相信。」我如此開頭，替聽來的流言蜚語增添血肉，再打磨成尖刺，瞄準女人。

「雖然我不想這樣。」

每提出一個線索，我就會加重力道，直到後來連那是別人說的，還是我的想像都難以區分。儘管覺得自己很卑劣，但我並沒有踩剎車，我根本就停不下來。

「你真的這麼想嗎？」女人的聲音很平靜。「你真的想知道嗎？」

她沒有半點動搖或驚慌的神色，這一次，手忙腳亂的人依舊是我。不管她承認或否認，我都無從得知，因為這都只是謠言，根本無從確認。無論是真是假，我都束手無策，更何況女人搞不好會直截了當地承認「對」，朝我的胸口刺下匕首。我瞪著看穿我心思的女人。

「我有哪一次過問你的事？」

黑暗裡，女人的眼睛仍閃爍發亮。女人從未問起我的名字或年紀，對此我感到很失落。妳為什麼不想知道我的事？為什麼不說妳是誰？儘管我的要求近乎哀求，我仍表現得很冷血，像是打算再也不見女人似的。

先前女人曾說過自己還是小女孩時的事，像是藍色的大門、疼愛的小狗狗、死掉的麻雀和三輪腳踏車。我從女人口中聽到的往事都過於遙遠，再也無法引起女人的興趣。

「事到如今，那些有什麼意義？」

碰到我想知道的那些事，女人總是劃清界線、閉口不語。我想知道，比我多活這麼些年頭的女人遇見了誰、經歷了什麼，又是怎麼來到這裡，在這又是怎麼走過來的，是不是有人害女人淪落至此。憑我的年紀去臆測女人無從揣度的過去，這太委屈，也太累人了。我越來越鑽牛角尖，用盡一切仍無法得知女人的全部，這種想法將我推上了極端。

女人只是愣愣地看著怒吼的我。

「我不懂這些事到底有什麼重要的。」她又開口了。「我也不知道你為什麼會在這裡，是不是犯了什麼罪，還是遇到詐騙集團，什麼都不知道，但我還是喜歡你，這不就夠了嗎？」

女人避重就輕地回答，我對不願把話說清楚的女人感到憤怒，也無法信任口口聲聲說我很重要，自己卻為所欲為的女人。我閉上嘴，瞪著女人那張厚顏的臉。

「你殺了誰、是不是逃出來的，這些我一點也不好奇。人生極為短暫，你和我只有現在，沒有什麼下一次。」

見我毫無反應，女人似乎也累了，深深吐了口氣，但我沒打算就此罷休，絕不能草草打發這個問題。我想知道她的一切，卻無法肯定自己想知道真相，有時，真相的刀鋒劃過之處，傷口永遠不會癒合。

「也就是說，妳也會跟那些垃圾睡囉？」

我自始至終都不改挖苦的口吻，表現得就像耗盡生命、彷彿明天就會死去般說話的女人像個雙面人。我很不爽，女人為了幾個臭錢就隨便把身體賣給任何人，卻裝得好像已經放下了所有野心與欲望。那種態度究竟是怎麼回事？女人靜靜眨著雙眼，握著我的手、撫摸我的前臂，顯得很遲疑，似乎在斟酌該說什麼，還有該怎麼說才好。

「是啊，我不是你想像的那種人，不然你希望我在這個地方怎麼生活？」女人調整了一下呼吸，和我四目相交。「我就是那樣活的，我也沒必要為此向你道歉吧？」

女人花了很長時間謹慎揀選用詞，充滿哀求的口吻。女人說得沒錯，女人過去是怎麼生活的與我無關，但我的委屈和惆悵沒有因此消散。無論是什麼，我都希望聽她辯解，希望能諒解她。

「別這樣，反正都過去了。」女人稍稍抬高了音量。

「不是每個人都這麼過日子。」我的口氣像是在指責女人。

女人板起臉，緊咬嘴脣，「你覺得你有資格說這些嗎？」

我立刻猛然站起身，女人見狀趕緊抓住了我的手，而我也維持被女人抓著的狀態站著。

女人說：「你不也有過去嗎？我們遲早也會成為過去，徹徹底底的過去。拜託，我們別這樣浪費時間。」

我猶如幽暗的樹木般一動也不動。

＊

連日的酷熱天氣持續著，車站以電力供應困難為由停掉了冷氣。不，停掉冷氣的原因很可能是因為街友。他們還在公共連排椅上設置鐵製把手，在大家會坐下的地方架設大型裝置或宣傳看板，殺紅了眼似的想將街友趕出車站。車站內猶如一座龐大暖爐般滾燙，如今能在車站裡做的，就只有滿頭大汗地看電視了。

大家逼不得已，像被趕出來似的跑到外頭，占據一角與身體同寬的蔭涼處。扣除教會與援助中心分送冰咖啡和冰塊的短暫時間，個個像顆限時炸彈般悚然心驚，彷彿好不容易才壓抑住煩躁、憤怒、絕望與埋怨混雜的情緒，要是一個不留意，那些尖銳的情緒就會猛然傷及某人。白天的廣場故作祥和，看似安祥，但我能敏銳地察覺包圍車站的驚險氣氛，暴風雨前夕的緊張感正環抱整個廣場。

到了下午三時，大家就自動聚集到援助中心前。正如先前預告的，辦公室前貼出居住援助與補助金對象的名單，往後的兩、三個月內，會為這些人提供考試院房間或一間螞蟻房，也會資助生活費。雖然這是為了把大家趕出這條街的政策之一，但最後大部分人都會再次回到這個地方。鮮少有人將此視為逃脫的機會，大部分都當作一次長期休假，略顯不知所措，因為不知該怎麼度過這個假期，最後又折返廣場。

一整個上午，女人都很焦躁，她夾在一群老人之間，眼睛瞇成一條線，直盯著那張紙看。名單上的名字超過十個，其中沒有女人的名字。這時我才察覺原來女人申請了補助，也猜到她為此獨自四處奔波了好幾天。

「反正終究會落選，又何必說呢？」

女人若無其事地回答，卻走進辦公室問東問西。那些忿忿不平的人緊抓著職員不放，大聲吐露自己的不滿，而我則像與這場騷動毫不相干的人，坐在辦公室外的長椅上殺時間。不論結果如何，女人瞞著我做決定令我惆悵。女人打算丟下我，一個人離開這裡。儘管明知單靠補助或居住援助那種玩意無法離開廣場，我仍任由輕率的誤解與負面的假設接二連三地浮現。

女人和其他人被趕出辦公室，幾乎是被推出來的。見女人靜默不語，我才問了一句：

「為什麼不行呢？」

「我怎麼知道為什麼不行？」

雖然很不爽女人用這種態度說話，我仍乖乖閉上嘴。儘管想追問，但我不想大小聲，最後對雙方造成不必要的傷害。總之女人不在名單上就好了。我沒有去想這件事對女人來說是好是壞，逕自下了一個「幸好」的結論。

事情在半夜爆發了。

捱過漫漫白晝的酷熱，一群人將拐杖老婦團團包圍。導火線是老婦的兩條腿，已經套上了好幾條褲子，依然抵擋不了老婦腿上令人作嘔的潮濕腐臭味，這打破了廣場沉寂的和平。從遠處看去，老婦的一雙腿變成厚厚一大包，宛如胡亂拼貼的一大團黏土。

「喂，老太婆，去一下醫院行不行？怎麼都聽不懂人話啊，老是在這裡給別人造成麻煩！」某人以刺耳的聲音大喊。

沒有在補助名單上的他們認為，是老婦不去醫院，才奪走了他們的機會。老婦跌坐在自己的大提袋上氣喘吁吁，枕在我大腿上的女人將手伸進我的T恤，在我的腋下搖了搖手。

「要不要去別的地方？」

女人好像很不安，身體不住顫抖。我輕輕撫弄女人的手，俯視廣場下方，只要三步併兩步地跳下階梯，就是他們所在之處。女人牢牢抓住我的手。一群男人圍著老婦，吐出一連串髒話。搞不好他們整天四處徘徊，就為了找到一個可以破口大罵的對象，而他們選擇的正是一個無力對抗、生病的老女人。這種行為很卑鄙，但我只是袖手旁觀，大家也都在一旁看戲。

老婦說的話被一群男人的聲音掩蓋過去，他們一把搶過拐杖，試圖脫掉她的褲子，跌坐在地的老婦揮了揮拐杖，但仍寡不敵眾。

「快點，我們去別的地方。」

女人站起來，拉住我的手。這種騷動又不是一天兩天了，女人卻格外焦躁。我靜靜跟著女人走，騷動很快就會平息下來，一定會有人報警，或被在車站周圍巡邏的中心員工發現。我們一直走著，直到聽不到那群男人的叫囂。

我們在燈光熄滅的大樓停車場找到一個地方躺下時，女人開口：

「我搞不好也會變成那樣。」

女人的聲音敲到冰涼潮濕的停車場牆面，又反彈回來，好幾層聲音間歇地迎面襲來，而後逐漸遠去。走路時，女人始終像在生氣似的緊抿雙脣，這時才卸下了緊張感。我挺直上半身，輕輕撫摸女人的胸部和腋下，也撫弄蓋在女人額頭上的髮絲、使勁替她揉壓渾圓的肩頭。

「妳說什麼？」

「我是說那個老人，等我再老一點，也會落得那種下場吧。」

我在女人圓鼓鼓的肚子上摩娑畫圓，就在胸脯正下方隆起的肚子一天比一天更凸出。每天晚上，這個大得像顆氣球般的肚子都讓我們吃足了苦頭，不管是我在女人上方的姿勢，或是女人在我上方的姿勢都一樣不便。當女人坐著傾斜上半身時，我也必須適度彎曲身體才能進入。紙箱的觸感僵硬，表面已變成軟爛的糊狀，在移動身體時成了阻礙，但我和女人仍竭盡一切辦法想達到滿足狀態。儘管我很體恤女人，不想讓她太吃力，但女人仍然無法支撐太久，最後直接躺了下來。因此，我無法猛然摟住女人，只能替她輕揉無辜的肚子。

「哪有這種事？」

「現在你不也知道了嗎？在這裡的女人是什麼樣子。」女人像是死心般喃喃自語。

我斷然地說，不想聽那些不需要知道的事。

女人把玩著我的耳垂，說：「這裡的女人需要男人，那不是什麼戀愛，什麼都不是，只因為這裡是廣場。」

彷彿有人頓時澆了我一桶冷水，胸口一陣發寒。我竭力想讓如塵埃般揚起的想法沉澱，避免輕率地產生誤解。與其說是想到我可能是女人唯一的生存方式，想像女人過去把這裡的男人當成生存方式，更令我煎熬。我無法忍受女人曾和他們有過親密接觸，心因那種不快感而瞬間沉了下來，全身再也動不了，而那與悲傷的色彩有微妙的相似之處。

「別說了。」

「你說說看，你真的認為在這種地方可能會有什麼愛情嗎？那種東西可能存在嗎？」

女人溫柔地撫摸我的髮絲，雙眼卻看著前方漆黑的某處。我將自己的臉湊到女人全然空洞的眼神前。

「妳又想說什麼？」

我不滿地反問，將臉埋進女人的肩膀，女人好像覺得很癢，頭不斷地閃躲。

「別裝傻，你不是都知道嗎？」女人將嘴唇貼在我的耳邊，悄聲說。「我們又有什麼不同呢？你從來沒有想過，你這麼年輕，和我這個又老又病的女人在一起很奇怪嗎？」

女人將身體捲成蝦子狀，轉向我這側躺著。因為那顆圓滾滾的肚子，她沒辦法仰臥太久。

我伸出一隻手臂摟住女人，心想搞不好女人需要好好接受治療，女人的肝顯然已經徹底報銷，無法將體內的廢物排出。我用指尖壓了壓女人的肚子。

「會痛嗎？」

我試著想轉移話題，但女人很固執。

「你說啊，不奇怪嗎？你不覺得很奇怪嗎？」

女人拍開我的手。那我倒是想問問，什麼才叫作不奇怪？也想大吼：「所以妳到底想要什麼？」但我只是輕輕壓住女人的肩膀，將嘴唇貼上女人的，手在她的胸部和大腿之間游移。

「不知道，我不懂那些。」

我悄聲低喃，女人沒有再說話，只是閉上雙眼，集中在全身甦醒過來的知覺上。我小心翼翼地避免壓到女人的肚子，緩緩移動身體，為了女人在所不惜的念頭清晰地甦醒。假如我想要的不可能在這裡實現，換到可能的地方就行了。我想起了能遮風避雨、能阻擋噪音與燈光的小房間，想像著沒有其他人，空氣中唯有我和女人呼吸聲的斗室夜晚。

「我、我會去工作，我們去醫院，一起吃好吃的，也去找個房間，怎麼樣？聽起來不錯吧？」

我想到什麼就說什麼，興奮地說個不停，隨自己意思下定決心。至少，在和女人有肌膚之親的此刻，我成了無所不能的人。我的背汗水涔涔，女人的雙手靜靜地往下輕撫。

「妳等著吧，真的，我會去做的。」

「沒關係，現在這樣也很好。」

女人緊緊摟住我的頭。

*

遇見女人後，我的時間只為女人運轉，女人以外的一切都褪為背景。為什麼？這樣的問句並不成立，從一開始就沒有所謂的理由，那不是靠因果關係就能總結的。我不懂這些事該如何解釋，總之就是這樣。我必須反覆說著類似的話，而這全多虧了那些對無法解釋的事感到好奇的人。

「能聽懂我的話嗎？懂嗎？」

金組長逼問我，得知他在找我，於是一路跑來的我像犯了滔天大罪似的垂下頭。他是第一個在天橋發現我的人，此時表現得就像我的兄長或父親，像個必須為我負起責任的人般大發雷霆。儘管來商談的人在外頭排起長長隊伍，他也不以為意，要是有人開門探頭進來，他就會揮手要對方出去。今天的他像是吃了秤砣鐵了心，比平時更加果斷、毫不留情。

「為什麼不回答？」

他在說女人的事。起初他先問起我的事，後來問起女人的事，現在則在說我倆的事。什麼都不知情的女人想必就在門外等我。一想起她就覺得很愧疚，充滿罪惡感，可以的話，我巴不得趕緊逃離這個房間。

「我要去工作。」我說。

組長仰天大笑。「工作之後咧？打算做什麼？」

「賺錢啊。」

「賺錢之後咧？」

「去找一個房間。」

「打算一起住？」

說的比做的簡單。雖然沒有半點計畫，我卻說得很狂妄，好像我真的會那樣做一樣。即便只是單純為了逃避這一刻，我也必須說點什麼才行。

組長調整了一下呼吸，再次問道：「真的要一起住嗎？你真的能把賺來的錢都花在房租上？你辦得到？」語氣很冷靜，其中卻參雜一絲寒意。

我沉著地回答：「我辦得到。」又補了一句：「我會的。」

組長把椅子稍微往我這邊靠攏，表情像是在苦惱該說什麼來說服我，他端詳我的眼睛許久，接著又是一陣靜默。

他說起拐杖老婦的事，從組長的口中，我第一次聽說老婦的姓名，也知道了她的年齡和故鄉。聽到她剛過花甲之年，我感到很詫異。組長說，老婦終究得鋸掉那兩條腿。

「你知道為什麼嗎？」組長的聲音很冷靜，像在讀一本書。「只要在這裡待久了，最後都會得病，因為既沒辦法及時治療，也不覺得有那個必要。你，還是覺得可以照顧那個女人嗎？」

腦中浮現了在那個宛如蒸籠般炙熱的天氣下，拐杖老婦依然套了好幾條褲子，只為藏住那雙腿，但在最後，她仍會失去它們。

「你看她現在又怎麼樣呢？」組長斬釘截鐵地說，什麼都沒有改變，還說了，這種人不在少數。我想到那些失去視力或無法使用四肢的人緩緩走過廣場的模樣，再過不久，老婦也會學到沒有兩條腿也能穿越廣場的方法。對一切都要靠身體學習的他們來說，這個廣場搞不好是唯一願意等待他們的地方。唯有這個廣場，願意長久留在他們身邊，提供他們熟悉感和舒適感，但我覺得這一切都與我不相干。

「我會和女人離開這個地方。」我低聲呢喃自己的決心。

組長直白的宣告我絕對照顧不了女人，也勸我不要這樣做，我一臉呆滯，不斷摸著放在桌上的豆漿。

「聽好了，需要的話，我可以給你『自活勤勞』的工作，也可以保證你能得到居住支援，但那女人必須送去醫院。她是病人啊，不是嗎？」

「我也明白。」

「所以咧？就算你明白，也拿這問題沒辦法啊。她必須住院，不是幾天去一趟醫院就能解決的問題，而是已經糟到那種程度了。不管怎麼說，終究還是要接受治療，是不是？」

組長覺得有理說不清，重重嘆了口氣，彷彿擔心會發生什麼意外般戰戰兢兢。我也知道，被送到急診室的人不只老婦一個。雖然大部分被送去醫院的人不消半天或一天就會回到車站，但也有人永遠回不來。組長是想警告我，這種事也可能會發生，想先採取措施，避免這種事發生。我明白這是組長的工作，但我仍不發一語。

「你知道那個人為什麼不能拿到補助嗎？」

最後，組長說出了一直想說的話。他說女人有丈夫，也有兒女，還若無其事地說他們就住在某個地方城市。組長確實達到了目的，錯綜複雜的心情頓時包圍我。這是完全能料到的事，但我仍臣服於我與女人之間流逝的歲月。揣度與想像我終究無法摸透的深度與廣度，並不是那麼令人愉快的事。不對，就連「不愉快」這幾個字也無法解釋。

「所以呢？」

「這還用問，你對那女人來說根本不是什麼重要的人。你不也看到她申請補助了嗎？對那人來說，你只是個過客。你想將自己的青春歲月全部浪費在那種人身上嗎？」

「無所謂。」

組長百感交集的注視我許久。他問了許多關於我的事情，像是故鄉在哪裡、父母與手足在哪裡、曾做過什麼工作，彷彿光靠這幾個問題就能完全掌握我這個人。他甚至斷言，「你還年輕，這些事都能解決。」他說，我是因為處境困難，才會停留在這裡，才會遇見女人，語氣肯定，而我只是默默地聽他說。

「怎麼不回答？你覺得我說的話與你無關嗎？」

組長逼問，而我不斷用指尖敲擊豆漿的邊緣。組長一臉莫可奈何，將手擱在我的肩頭。

「你可以走了，先想一想再回來，好好想想，哪一個對自己比較好。明白我的意思吧？」

接著，他像是想起什麼似的，多把一罐豆漿推向我面前。

我兩手各拿一罐豆漿，像個傻子般問道：「這附近有沒有女人能去的醫院？」

組長翻了翻資料櫃，將三、四包濕紙巾遞給我。

「就算有醫院，他們也只接受補助者或保護對象，那人大概很難，只能送到其他城市。去那裡反倒更好，因為在這裡解決不了酗酒問題，要是戒不了酒，什麼都沒用。」

「那我呢？」

「你？你當然不行了，不僅年紀不符合，也沒生什麼病，何必去那裡？再說了……」組長一口氣說了一堆，卻突然閉上嘴巴，良久才改以冷靜的口吻補了一句。「你還年輕，考慮你自己就好，那人幫不了你的。」

組長用單手緊緊抓了一下我的肩頭。他想說什麼我全明白。女人無法為我做任何事，那麼，我能為女人做什麼嗎？偶爾，我會試著思考女人和我能做什麼，同時又發現什麼都不可能，最後死了這條心。

不管怎麼做，女人和我的未來終究無法用相似的脈絡和速度前進，但另一方面，我又覺得這些沒什麼用。此時我的未來沒有脈絡，也無速度可言，就這麼停滯在原地，而女人也差不多。

搞不好組長想說的是，「你和女人的關係只在這裡有效。」又或者想斷言：「擺脫這裡的瞬間，你們就對彼此毫無用處了。」但不屬於此地的他絕對不會知道，也終究無法理解，對身在此處的我，這女人可能就是我的全部。

老舊社區

揚言要擺脫這裡，到那個地方去，
意味著要霸占在那裡的某個人的位置。
那是一場鬥爭，掠奪者留下，被掠奪者必須離開，
從來沒有例外，不管在哪都一樣。

靠著夢想城市老闆的幫忙，我找到了一份工作，是到車站附近即將拆除的社區巡視，撿拾還能使用的東西。從車站後門就能看到這個社區，從遠處望去，那地方猶如一個凹陷的水坑，夾在筆直的建築物之間。我從早到晚在空房子進進出出，搬運可以轉賣的生活用品和家電，再整理可以換錢的材料或零件。房子沿著陡坡興建，彷彿即將倒下般岌岌可危地相連。

「你沒做過這種工作吧？」

問這句話的人是舊貨商石先生，他看起來年紀一大把了，稱呼他大哥似乎怪怪的，但我決定按他喜歡的方式叫他。他會拿著一根長長的管子，匡、匡敲著地面走路，碰上要拆除故障的大門或歪掉卡住的門時，這根管子就成了不可或缺的工具。

各種傳單覆滿了牆面，大部分是不動產業者或搬家公司貼的，也不時會看到有人乾脆在大門上用噴漆寫上大大的電話號碼，宛如猜謎數字。破損的招牌、壞掉的鋼琴或腳踏車、鞋子和學步車等堆放在巷子的角落。即便是大白天，整條路也悄然無聲，連狗吠聲都沒有。

「你還這麼年輕，怎麼可能做過這種事，不過，你睡在車站喔？」

說話的是負責開車的黃狗，石先生都這樣叫他。黃狗把一個大木框從木板堆裡抽出來，大聲唸出可能是某家家訓的句子。唯有汗水與努力才能通往成功。他像在嘲弄這句話似的，將木框轉來轉去，接著甩到一旁，玻璃碎片也應聲濺到地上。

「肖仔，問屁喔。」

「嘖，我又不是故意要問的。幹，在車站睡覺多好，時間到了就會供飯，還不用付房租，你說是不是？」

他已經離開車站了，才會口不擇言。要是那裡真那麼好，當初他就沒必要離開了，但我盡量避免對大家隨口說的話反應過度。要是發了不必要的脾氣，得罪了人，弄丟好不容易找到的工作，那就真的太蠢了。

「肖仔，他是在發什麼神經。先不講這個，夢想城市那小子說要多少？」石先生翻過多戶型住宅[3]的矮牆，大聲問。

個子比他們高、體格也比他們好的我，像個不諳世事的純真孩子般回答：「一萬元。」

「根本是在搶劫嘛。」

一天的薪水是七萬元，其中有一萬要給夢想城市的老闆。剩下的錢，我會拿一萬元去買一碗冰涼的冷麵和拖鞋給女人。假如每天可以存五萬元，一星期手上就有三十萬元左右。只要有了這筆錢，想做什麼都不算太難。我甚至站在烈陽炙烤的路上盤算這些計畫。石先生將上鎖的大門拆下，擺了擺手要我們進去。黃狗走在前面，我跟在後頭。

我們從頂樓開始搜刮房子，人去樓空的房子像是被廢棄了十年或二十年之久，悠長的歲月瞬間橫掃過境，玩具和不知用途為何的雜物滾落四處。抽屜全都張大了嘴巴，失去主人後散落在地面的物品顯得淒涼落魄。

3 多為三層樓建築，各戶生活空間與出入口獨立，樓梯經常配置在外面，常見於老舊社區。

我負責收集沒用的電線、分解水槽和洗碗機，以及拆解瓦斯管，拆除門把和玄關門鎖也是我的工作。石先生拔下屋頂的天線，切斷了鐵製大門，同時間，黃狗就去檢查附近的房子，負責監視社區。

「還會有人住在這裡嗎？」

要是我發問，黃狗就會從破掉的窗戶探出頭來，喃喃道：「住的人喔，一定會有啊，但是又能住多久？以後這裡全都要拆了。你等著看吧，車站那很快就會有新人來。」

水電一定老早就被停了，曾經熙熙攘攘的社區，如今猶如墳場般陰森幽暗。我將電線捲起，環顧屋內一圈。比起我迫切想要的一小格房間，這些房子真大、真舒適啊！真搞不懂為什麼要拆除這些房子。

當我按下電鈴，女人就會打開玄關門迎接我回來。我們一起吃飯、並肩躺著，度過美好的夜晚。女人吐出的氣息被我吸入，而我呼出的氣息又被女人接收，我倆的氣息和體溫緩緩交融。一個能避開噪音、煤煙、燈光和惡臭之處，只要這樣就夠了。我把粗電線拉緊、纏繞妥善，避免線圈鬆開。

從廣場步行過去只要二十分，最慢半小時也能抵達，我卻覺得離女人好遠好遠。我很擔憂，我不在的時候，女人怎麼度過白天的時間。每晚的寒氣和腹痛使女人的臉孔一天比一天猙獰，如果不想把女人送到遙遠的地方醫院，現在就必須做點什麼，但想到在這過程中必須和女人分開，就覺得老大不願意。比起女人積水的肚子，搞不好我更擔心她和其他男人有說有笑。

由於出入預定拆除的建築是違法的，我們一整天都緊張兮兮。中午靠石先生帶來的麵包和牛奶果腹，晚餐就到車站前的餐廳解決。雖然很想一結束工作就立刻回車站，但我仍耐心等候石先生用完餐，因為決定明天要不要工作的人正是石先生。

「明天就休息一天，後天再來。」整整幹了兩天活後，他如此說道。

我並沒有為一天的薪水飛了而感到惋惜，反而是明天能和女人在一起一整天的期待湧上喉頭。我趕緊朝車站的方向走，越接近車站，精疲力竭的身體越發輕盈柔軟。我一連跳上三、四格階梯，在手扶梯快速往上走。不過半天不見，女人的臉龐卻像數日不見似的，變得朦朧不清。

幸好女人獨自坐在廣場上。不，等我走出車站正門，圍繞在女人身旁的那些剪影才逐漸變得清晰。女人又將頭倚靠在某人肩膀上了，見到這幅景象，填滿全身的情緒瞬間轉為憤怒。我站在原地，任由怒火滋長到一發不可收拾的地步，接著大步走向人群，搖晃女人的肩膀。

「嗯，你坐這，你也一起坐。」

女人的身體倒向一邊，我將坐在女人身旁的男人推開，同時扶女人站起來。

「清醒點，快點走了。」我拉高嗓門。

那群人手忙腳亂，不知道該怎麼應付這個狀況。他們可能會找我麻煩，也可能摸摸鼻子安靜離開。我忿忿地咬著牙，心想要是有人找碴就絕不放過他。

「要去哪？家就在這啊。」

女人甩開我的手，一屁股跌坐在地，雙腿之間有幾個皺巴巴的紙杯。往後退了兩步的男人擋住我的去路。他的身體動作並不具強烈攻擊性，看起來只是想替我和女人調停。明知如此，我仍朝男人臉部正中央揮了一拳。男人趴在地上的同時，酒瓶也滾到了遠處。

「好，打吧，打，盡情打。」

女人像是死了心，把剩下的酒倒來喝，我抬起腳，朝趴在地上的男人猛踢，接著奪走女人手上的酒瓶，扔得遠遠的。酒瓶敲在牆壁上，玻璃碎片往四面八方噴濺。我工作回來，女人應該要用比這更溫暖的態度迎接我啊，這件事有這麼難嗎？

「不是說好不喝酒了嗎？」我忍不住大喊，不知該如何宣洩頓時湧上的怒氣。

「怎麼？你算老幾？」女人抬頭看我，言語中帶著尖銳的刀鋒。

「我不是想要妳聽我的話。」我立刻心生膽怯，但接著又提高音量。「妳明明生病了，難道不該小心點嗎？」

「是啊，我生病了，一整天都快痛死了，但能怎麼辦？你能讓我的病痛消失不見嗎？能嗎？」

「我不是去工作了嗎？我去賺錢回來了啊！」

我像個傻子般回應，不懂我們為什麼要有這種對話。儘管如此，女人仍拚了命想贏我。

「那跟我有什麼關係？」

「怎麼會沒關係？妳明知故問嗎？」

「不知道，我不知道。賺了錢之後，看你要不要離開這裡都隨你的便。」

女人將雙手支撐在地上，站起來，而我只是愣愣地看著女人搖搖晃晃的模樣。我一整天流汗工作，不是為了聽這種話。對女人的埋怨、憤怒、自責和失望全都混雜在一塊。我任由女人獨自走遠，在那一刻，內心萌生了無論如何都要離開這裡的好勝心。

我轉過身，朝與女人相反的方向走，完全沒有停下來，更沒有回頭。眼前什麼都看不到，腦中一片空白，燈光和噪音都暫時熄滅，建築物和馬路消失不見，想法和情緒也在空氣中蒸發，就像有人啪地一聲按下按鈕，一切瞬間灰飛煙滅。

*

一連好幾天，女人都沒有來找我。過沒多久，在空房子撿拾、搬運可用物品的工作也結束了。雖然我暗自下定決心不再回女人所在的車站，但仍忍不住在車站附近打轉，習慣性地尋找女人的痕跡。晚上時，她會不會來到我們平時一起入睡的地方？我甚至早早就躺下來等待女人。她會不會就躲在某處看著我？所以我還觀察了一下四周，但每一次，女人都讓我失望了。

情緒成日橫行霸道，好不容易安撫一種情緒沉睡了，另一種又探出頭來。我被無以名狀的模糊情緒包圍，不安地走來走去。各種情緒噹啷、噹啷地互相撞擊，我能清楚感覺到，它們的鋒利稜角將我的心劃得傷痕累累。我甚至離開了車站，走到非常遠的地方，和其他人一樣緊貼著報社公告欄，讀起新聞，或在明亮的商店內探頭探腦。與此同時，我一心期盼會有一種情緒將其他情緒壓下，等待懦弱的情緒消散之後，會有一種情緒留到最後。我要的不是最終會消逝的東西，而是能留存到最後的真實。

幾天後，我又去找工作了，也許這就是憤怒所帶來的力量。它逼著我、壓著我、催促我離開這裡。靠著它，我像個無所不能的人般意氣風發。不，意氣風發的是憤怒，我只不過是緊抓著這情緒不放，哀求它讓我離開這裡。我暗自祈求它，拜託它在我擺脫此地之前，千萬別離開我。

工作從一大早就開始，我和黃狗被編在同一組，爬上位於陡坡的巷弄，由包含黃狗在內的三個人帶頭，我和其中看來年紀最大的男人走在後頭。大家都叫他崔老師，所以我也就這麼跟著叫他。欸，崔老師，喂。可是沒有人對他表示尊敬或以禮相待，所以我馬上就察覺了他無足輕重的地位。儘管如此，崔老師仍舉起棍子，滔滔不絕地解釋這個社區的歷史和地理，以及與此地有關卻毫無趣味可言的回憶。

我們趁白天將負責區域的房子仔細搜查一遍，掌握剩下的人有哪些，接著協助他們早日離開這個地方。協助的方法每天推陳出新，我們可以在路中央堆放廢棄物或壞掉的家具，用紅色噴漆在牆上撂狠話或畫恐嚇的圖樣，也可以播放參雜三字經的警告廣播，用彈弓或瓶子打破玻璃，但我們仍連續好幾天都毫無展獲。

「我們必須變成他們，如果不這麼做，就絕對無法辦到。」

懼。

我試著仔細回想管理我們的人說的話，想像了一下該怎麼做，才能讓住在這裡的人心生恐

黃狗和男人兩個在油桶裡點火，一扔下淋上汽油後點燃的紙張，火勢便瞬間往圓桶口竄了上來，我則是站在遠處，將木板碎片之類的丟進去。接著，我們坐在稍遠的地方，心不在焉地注視著整桶火焰。在燒得旺盛的火焰另一頭，牆壁和屋頂微妙地扭曲變形，黑煙裊裊上升，小小的火花在空中四處飛舞。

市中心的白天如汗蒸幕般炙熱，我猶如一條魚般張開嘴巴，閉上眼睛，感受沿著全身流淌而下的汗水。「嘩——」，蟬叫聲瞬間鑽進耳朵。我置身於如暴雨般傾瀉而下的鳴叫聲中，短暫地想起了女人。但僅此而已。等睜開眼睛後，我又能若無其事地繼續走下去、正常與人交談、正常吃喝。這時，我甚至會懷疑自己搞不好根本就不愛女人，甚至安撫自己，事到如今，愛情又有什麼用。總之，女人與我之間的距離顯然一天比一天遙遠了。不，一定會疏遠的。儘管無法得知這是否如我所願，我仍如此喃喃自語。

「還剩下幾戶？」崔老師問道。

嗆鼻的空氣滲入了巷尾，其中還有三、四戶人家苦撐著。

「這一戶、這一戶，那邊的大概也還沒出去吧。」

呸，黃狗不耐煩地啐了口唾沫。位於空曠處的公寓和獨戶住宅都沒人了，住在巷尾的人仍絲毫不為所動。我們這組的工作之所以會延遲，都是因為這些人。其他區的早就結束工作，領

到豐厚的日薪和人力費，也被分派了新區域。雖然工時一樣長，我們卻領不到與他們同等的薪水。

黃狗和男人兩個站起來，走進巷尾，在他們用老虎鉗剪斷固定大門的鐵絲時，我和崔老師在附近巡視，看有沒有人出沒。人去樓空的房子被棄置，裡頭看得一清二楚，在馬路上瀰漫的惡臭或噪音自由地進出。作為內外分界的房子，如今已逐漸朝街道那側坍塌。一打開大門，黃狗立刻撿起一個滾落在地上的玻璃杯往內丟，碎片四濺的同時，響起了尖銳的聲響，支撐瓦斯管線的支架螺絲「鏘」的一聲掉了下來。

這份工作比想像中更吃力。我領悟到，相較於製造或生產本來沒有的東西，消滅既有的東西更累人。假如可以不費吹灰之力就製造出某樣東西，那麼破壞、毀掉它則需要可觀的力量。還有，即便花費令人咋舌的力氣與努力，也不可能將它們恢復原狀。無論做什麼，都不可能再次回到最初的全無狀態。

我們打破窗戶、弄壞了門，引起一陣騷動。即便只是細微的聲響，三層樓的舊公寓仍如馬上就會倒塌般險象環生。過了好半晌，把門關上，屏住呼吸躲在裡頭的女人才肯出來，一手還抱著正在哭的孩子，彷彿那是一項武器。因為孩子的哭聲，女人每次玩捉迷藏都會失敗。我們將女人團團包圍，出言恐嚇她。黃狗說了最多話，崔老師說得最少，我則只在適當時機點耍狠，或朝雜物踹上一腳。女人兇巴巴地發起脾氣，一副明天就會搬走的氣勢，接著又向我們求情，最後則使出哀求攻勢。孩子全身都是汗，在女人懷裡哭鬧。

「孩子的爸馬上就回來，等他回來，我們就馬上離開。因為我現在沒辦法立即聯繫上他，心裡也急得要命。」

根本沒人留心聽女人的苦衷。天底下哪有沒有苦衷的人？大家還不都是各自馱著沉重的包袱苦撐著。我覺得這個和我們分享自身痛苦的女人很自私，她表現得好像自己是唯一被逼到絕境的人，擅自斷定其他人的處境就一定比自己好，這種態度讓我很不爽。

我將女人推到一旁，大步走進屋內，將層層堆疊的紙箱掃到一旁，還把鞋櫃門給砸了。我踩著黑壓壓的腳印，在狹小的房子裡走來走去。一打開廁所的門，就看到一個小孩蜷縮身子躲在馬桶旁，連連往牆面倒退，一臉驚恐地抬頭望著我。砰，我用力關上門，帶有警告意味的踹了門好幾下。廁所內的孩子嚇得嚎啕大哭，女人則一臉絕望地站在玄關前，將一切看在眼底。她只是靜靜看著，我漫不經心地聽黃狗對女人下最後通牒。

白天時，我們就用這種方式清掃負責區域。說真的，這件事很接近清掃。對待兩百四十號的老人、兩百零八號的學生，還有兩百九十五號的一家人，我們都用差不多的威脅手法。不過，他們沒有輕易就被嚇到，很快就適應了我們扔擲過去的恐懼。到了明天，我們必定要扔擲比昨天更兇狠的東西，否則就刺激不了他們。我在這場七零八落的爭吵中領悟到，暗自發誓要憑自身力量脫離廣場的自己有多天真。揚言要擺脫這裡，到那個地方去，意味著要霸占在那裡的某個人的位置。那是一場鬥爭，掠奪者留下，被掠奪者必須離開，從來沒有例外，不管在哪都一樣。

過了幾天，情況仍不見改變，於是我們從天未亮就開始作亂，一直持續到午夜，但這些人還是死撐活賴著。最後，我們決定在凌晨時兩人一組，輪流巡視社區。入夜後，當黃狗和男人兩個四處在巷子裡的垃圾堆點火時，崔老師和我就假寐三、四個鐘頭。我們會去找個看起來還可以的空房子，躺下來閉目養神。

我閉上眼睛等待入眠，一邊用舌頭舔弄嘴巴長的水泡，一邊回想女人以舌尖撫觸我的門牙和虎牙時的觸感。儘管一天內能集中在女人身上的時間極為短暫，那記憶卻非常強烈鮮明。我回想起女人雙脣內的柔軟與溫暖，滯留於那靜謐之處的話語，汲取話語的女人心跳聲，以及不斷喚醒沉睡的女人、緩慢而規律的脈動。躺在女人身邊，為她的心跳聲大受感動的我，如今卻想盡辦法要離開那裡，遠離曾經只要有女人的心跳聲便已然足夠的廣場。在有女人的廣場時，我曾以為自己別無所求，然而這份情意終究促使一個人走向腐敗與毀滅。無論是什麼，只要無法獲得滿足，隨時都能逃離、擺脫它，但另一方面，我又忍不住捫心自問，這真的是我想要的嗎？我就在無數個回答不了的問題夾攻之下，試著小睡片刻。

崔老師和我從午夜時分開始巡視社區，直到清晨破曉。凌晨時會多帶一條土佐鬥犬支援，我一手拉著狗鍊，另一手拿著水管，把牆面或大門敲得鏘鏘作響。崔老師則負責把裝在袋子裡的穢物潑在那些人的家門口，或直接扔在玄關和窗戶上。我們還會這麼做：在巷子四處懸掛流浪貓或鴿子會吃的食物和飼料，然後收集牠們的屍體。吃下有毒的食物死亡後，牠們的屍體很快就會腐敗，我們就把這些散發噁心味道的屍體扔進還沒搬走的人家裡，或擺放在玄關前。就某方面來講，這意味著我們一天要比一天殘忍了，但逼我們走到這一步的是頑強抵抗的他們，是他們的執著，餵肥了我們的殺氣。

「不過，非得做這麼絕嗎？」

每次要做什麼，崔老師一定會如此反問。當黃狗和社區入口開餐廳的老闆槓上時，他也會用膽戰心驚的表情說：「走吧，反正也不是我們的區域嘛。」

崔老師不在時，黃狗就會說：「啊，那狗崽子。」甚至嘲笑他是個「智障」。從某種層面來看，這些話沒說錯。他無法判斷自己的處境是不是有資格同情別人，搞不好他也沒有想要承認，自己可能才是需要被同情的人。我聽說他多年前在高中當老師，一直備受禮遇。說起這些往事時，他會變得洋洋得意，像個孩子般興奮。也就是說，他連經常回想這些回憶對自己是否是件好事都不知道。我知道他住在車站附近的螞蟻房，手頭非常吃緊時，就會每天換不同的小旅店住，但我都假裝不知道。雖然聽到他溫柔低沉的嗓音時會於心不忍，但我還是覺得他實在很懦弱無能。

我在路邊發現有人把貓咪屍體丟在那裡，於是把牠扔向孩子還嗷嗷待哺的女人家裡。砰，死貓屍體撞上大門正中央，接著掉到地面，像塊髒抹布般攤在玄關正前方。

崔老師別過頭。「啊，這種事我做不到，我不行。」

我為了阻止狗往屋裡跑，把項圈在手腕上多繞了兩圈。

「因為我需要錢。」

「啊，當然我也需要錢，但這有點過火了，太過火了。」

他想要獨自維持崇高的形象，不願接受就算守住了什麼鬼崇高情操，手上也不會因此有錢，也不知道這些死都不肯走的人最害怕的是什麼。我清楚記得他們用哀求的語調說的話，雖然措辭和句子稍有不同，但到了最後，大部分人都會如此求情：

「這樣我們就要流落街頭了。」

他們絕對不會知道，這種假設完全無法打動我們。有時，窮困可能會成為對任何人都管用的協商條件，但他們作夢也想不到，這個籌碼對某些人來說完全不管用。好比不需要以同情來換取優越感的人，不想假裝親切、實則想窺視醜陋與骯髒是長什麼樣子的人，對窮困潦倒沒有任何好奇心的人。也就是說，對我這樣的人而言，他們一無所有的處境壓根就無法成為任何武器。

*

某個男人已經探頭大喊兩個鐘頭了，他的聲音一直從三層樓建築物的頂樓散開來，我站在入口處，仰頭看著男人只有食指指甲大小的臉孔。陽光很強，男人的臉成了一個黑色斑點。汗水不停從戴著安全帽的頭頂滑落，溫熱的汗水沿著後頸和背脊流了下來，全身早已濕透了。不過，我連脫下帽子的空閒都沒有，因為只要信號隨時打出，我們就要衝到裡面去。

看到社區入口的商店承租者集體行動，僱用我們的管理者明顯變得很焦慮。出去工作前，他把大家叫去，說如果不趕快結束這個工作，情況會變得很棘手，反覆說了好幾次，但大家都只是心不在焉地聽著，於是他換了個說法。

「如果不能趕走他們，我就不給你們錢。」

已經一星期沒見到女人了。當天有哪間屋子空了，我就在那睡覺，剩下的時間就努力集中在工作上，就連黃狗或崔老師都誇獎我勤奮老實。搞不好我很快就能擺脫車站，有能力租到一個小房間了。到了晚上，我還可以回到小房間睡覺，也可以逃離在街上被人指指點點的人生。每天，這種可能性又比前一天多了一點，我卻感覺不到任何喜悅，反倒還擔心這件事會成真。要是沒了女人，這一切又有什麼意義？只要想起女人，所有目標和決心都會猶如掉進水中的顏料般，消散無蹤。

我在四面闃寂的空房打盹時，腦中躁動的情緒會沉澱下來，一整天被置之不理的情緒則緩緩浮現。某天下午，我甚至離開了社區，往車站的方向狂奔。碰到那種時候，腦袋就變得很單純，只剩下想見到女人這唯一的念頭。但這也就是全部了。我激烈地跑了一會，然後停住腳步，因為沒辦法回到車站，最後又回到上工的地方。

不管有沒有見到女人，反正都會後悔，這個念頭拽住了我。反正打從一開始就沒有什麼最佳選擇，所以當然應該順從內心的渴望。不對，搞不好就是因為我一直以來都順從內心的渴望，才淪落到這步田地。最終，留存到最後、沒有消逝的情緒是恐懼。我垂下頭，沿著跑來的路折返，同時用力將情緒踩得扁平。

黃狗那一組進入屋內，將頭伸到欄杆外的人看著下方大喊。在豔陽底下，他們的聲音被刪除了，不留半點痕跡，宛如某個外國電影的畫面般令人陌生。我緊緊握住了管子。比起那邊吵吵鬧鬧的人，這邊的人倒是很安靜。假如那些是想透過抗爭避免失去所有物的人，這些就是一無所有，也不需要守護什麼的人。多半都是像我一樣在街上遊蕩，或像崔老師一樣在小旅館和螞蟻房來去的人。之所以雇用我們這樣的人，八成也是因為如此。不需要守護什麼的人，任何事都肯做，也可以輕鬆跨越道德或常識這類心理障礙。

一打出信號，包含我在內的整組人員便衝進屋子。我想起管理員說，只要能讓他們離開，無論什麼手段都可以。我不可以表現得像個孩子，不能隨便同情他們，或覺得他們可憐。我喃喃自語。

好幾個人合力打開上鎖的屋頂門後，只見一群守在門前的人躊躇不決地往後退。在寬敞屋頂上看守的就只有五、六個男人和三、四個女人。我原本預期他們應該做好了與我們對抗的萬全準備，但看到屋頂的荒涼景象後，不免大失所望。把水、木棍和空瓶之類的東西擺在眼前，就想恐嚇別人說自己要賭上性命，他們的怠惰令我啞然失笑。用這種方式根本什麼都改變不了。比起試圖搶走什麼的人，無法守住自己東西的無能之人更讓我憤怒。

一名男人突然拉高嗓門，其他人也像在喊口號般跟著喊，但從他們因炎熱而顯得有氣無力的聲音中，感覺不到任何決心與悲壯，一副早就知道光憑幾百年前的口號，什麼都改變不了的表情。儘管如此，他們仍異口同聲地反覆講著相同的話，彷彿如今剩下的就只有這句口號了。接著，在我們一鼓作氣衝向前時，他們很快就縮起身子，或害怕得閉上眼睛，正眼直視我們衝過去的就只有三、四個男人。

我們分散開來，分別抓住這些人的四肢，我用單手壓住一個老太婆的後頸，扯住她的頭髮。女人彎下腰來，朝我的手背胡亂抓了一通，但又粗又短的指甲根本毫無殺傷力。空瓶與堆在角落的布條滾落在地上，一片狼藉。

你們過去兩天究竟都做了什麼啊？

我真的很想問他們。待在屋頂上時，他們好像照樣睡他們的，不然就是無所事事地眺望社區傾頹的景象。女人們最先遭到壓制，被押到建築物外頭，而男人們的抵抗比女人們激烈許多。我們同時有三、四個人衝過去，抓住那些男人的肩膀、頭髮、手腳，甚至踢他們的小腿，或朝他們揮管子，他們則拿起滾落在地上的瓶子或水桶試圖抵抗。雖然嚴格來說，那連抵抗都稱不上。

「喂、喂，看我這邊。」

一個男人瞬間踩上欄杆，他的聲音宛如旗幟在空中飄揚。寒風將男人的頭髮吹散，髮絲立即墜落至欄杆外。

「靠，那臭小子，真令人頭痛耶。」站在旁邊的某人不滿的嘟噥。

男人的背後是空蕩蕩的一片，腳尖掛在低矮的建築物屋頂上，看起來險象環生。一名被拉到頂樓外頭的女人放聲尖叫，那高分貝的尖銳聲使頂樓陷入了緊張情勢。

「先生，您快下來。」

說話的是崔老師，他竟大膽地試圖靠近男人，男人拚命做出「不要靠過來」的動作，身體往前傾了一下，接著再次找到重心。

崔老師說：「您先下來，這是在幹什麼？」

他的嗓音很冷靜，像在開導自己的學生般，毫不猶豫地走向了欄杆。我可以感覺到，在把人拉走時猶豫不決的他，此時變得有些洋洋得意，說話也有條有理，充滿自信，但我覺得崔老師的言行舉止很可笑，不管是相信能用那種教科書的口吻說服那名男人，或者認為想盡辦法維持生活，會比往欄杆外往下跳的選擇更正確，我都無法認同。

「你、你們這些人不懂，我、我們會失去一切，會、會被逼到街、街上，難、難道你們都不覺得我、我們這樣很、很可憐嗎？」男人支支吾吾的說，要我們別靠近。

「先生，您先下來，我們談談吧。」

「你、你們，不認為這裡的人很、很不幸嗎？」

「明白，當然明白，但人生在世嘛……」

人生在世、人生在世，我完全可以想像崔老師要說什麼。我忍不住感到一陣作嘔。將一切厄運與不幸怪罪到人生上，也太容易、太卑鄙了吧。按照這種邏輯，他絕對無法脫離這地方，也會慣性地接受更悲慘的境況。倘若安慰自己人生在世難免如此，那麼人生又會墜落到什麼地步？

「覺得已經置身谷底了吧？不，地面根本就不存在。就在你以為抵達地面的那一刻，又會再次朝無底深淵墜落。」

我想起女人說過的話，接著將崔老師推到一邊，奔向欄杆，拉住男人的襯衫。身體傾斜的男人摔回頂樓的地上。「啊、啊！」他發出慘叫，身體縮成一團，雙手緊緊抓住自己的腳踝。我朝著趴在地上的男人踹了一腳，他好像把稍早前想尋死的念頭忘得一乾二淨，不停哀號著。他抓著腳踝在地上滾來滾去，默默地承受我踹他所帶來的疼痛，更別說抵抗了。

「好了、好了，住手吧，嗯？」

站在一旁的崔老師勸我，因男人引起的騷動，頂樓變得混亂，再次瀰漫緊張感。大家紛紛找起事情做，噪音甦醒了，空氣也變得混濁。我甩開崔老師的手，輕輕踩著男人的腳踝。

「呃啊啊……」

男人只是默默發出呻吟，沒有反抗。我對不加以反抗的他更感到怒火中燒，認為只要向對方呼籲要有同情心就能改變情況，這種以逸待勞令我反感，以為搶奪與被搶奪不過是種選擇題的想法，更愚蠢得教人吃驚。我咬緊牙根，無法停止拳打腳踢。

「哎喲，就叫你住手了，幹麼這樣！」

我推了勸說我的崔老師的肩，兩人互不相讓，最後我忍不住用力推了他一把。崔老師的態度令我噁心。

「別這樣，有話好好說，用說的。」

我朝扶著欄杆、轉過身的崔老師臉上揮了一拳，崔老師倒在地上的男人身上。我又朝疊在一起的兩人踢了好幾腳。三、四名男人跑過來拉出男人，我抓著崔老師孱弱的肩膀警告他。

「你最好別對我說什麼忠告，不准講！」

崔老師的嘴脣裂開，流出了鮮血，但他完全沒想到要擦拭，只是驚恐的看著我，連連點頭。

*

被送去急診室的拐杖老婦回到了廣場，藏在好幾層褲子底下的雙腿被截肢了，只剩下約半個手掌寬的大腿乖乖擱在輪椅上，輪椅把手和椅背上的家當掛得亂七八糟的。女人去醫院時，我推著老婦的輪椅看守廣場。時間隨著輪椅的輪子緩慢轉動。女人可能今天會回來，也可能明天回來。不，搞不好有一陣子都不會回來。我很想習慣等待女人，但是很難。

「怎麼不乾脆待在醫院？幹麼回這裡？」

「那裡多無聊啊，不能觀賞人群，也不能走來走去。」

只要我這麼問，老婦就會不滿地如此嘟噥。

「感覺就像坐在墳墓裡，要死，我也要死在這裡。」

甚至還下這種決心。

「一群王八蛋，我再活是能活多久？把我的兩條腿都鋸斷了。」

老婦甚至朝援助中心飆髒話，我則繼續推著輪椅，在廣場上走來走去。每當老婦做出稍微停一下的手勢後，就會凝視某一處許久。她會靜靜觀察小攤販、舊車站入口、鐘樓或乾瘦的行道樹。偌大的廣場填滿了老婦小小的黑色瞳孔。

每當停在豔陽高照的馬路中央，我都會想到女人。如今就算閉上眼睛，腦中也可以清楚勾勒出廣場的樣子——坐擁晚霞，往廣場中央傾斜的車站影子；每當有風吹起，在空中飄揚的布條。我能區分在廣場上此起彼落的說話聲，也能刻劃出在極為炎熱的大白天，從我和女人身旁擦肩而過的風聲，或雨滴在地面描繪的紋路。無論在哪裡，都能找到和女人在一起的我的模樣。

某天，我喝得爛醉回到廣場上，和女人重逢了。女人以渙散的眼神呆呆地抬頭望著我，然後摑了我一巴掌。這巴掌的力道很大，承載了女人全身的重量，她的身體還因此晃了一下。我被摑了一次又一次，直到臉頰變得火辣辣為止。女人放聲尖叫，甚至撿起空瓶瞄準我的腦袋。這時，女人就像眼前看不到任何東西似的，一心只想毀掉一切。原本散落各個角落的人都聚集起來，圍在我們身旁。

「你幹麼回來？為什麼回來！」

女人使勁吸了一大口氣，說出一大串粗話。

「你根本什麼都不是。你以為我愛你嗎？我從來就沒有！」

女人的話在我身上狠狠砍了好幾刀，接著呼嘯而去。女人否定的不是我，而是和我共度的所有時光。我無法忍受的就是這一點。女人比任何人都清楚什麼最能傷我。造成無法挽回的傷害的，始終是那些最親近的人。我覺得慘遭女人背叛，也埋怨明知終究會演變成這樣，卻仍每次都在女人面前認輸的自己。

「你打我啊，你那天晚上不是把我打個半死嗎？再打我啊，打啊！」

女人狠狠瞪著我。彷彿有股巨浪席捲而來，將我體內的全部一掃而空。剎那間，我像是佇立於空無一物的空間，整個人變得荒涼。我曾相信的一切瞬間瓦解，往深不見底的黑洞墜落。女人一路奔向極端，身上豎起了尖刺，像是要把一切都推到懸崖峭壁之下。

「既然你都來到這裡了，不也看出你有多少斤兩了嗎？你和我這種垃圾又有什麼分別？」

我轉過身，推開圍觀的人群，逕自往前走。我不會活得像這些人一樣。我喃喃自語，彷彿我是因為女人才會留在這裡。女人朝我的背放聲大吼，而我只是放任那些鬼吼鬼叫一路跟在我後頭。反正我們終究不會有好結果。不管是女人對我，或是我對女人，誰也幫不了誰。我跨出一步又一步，逐漸遠離廣場。過沒多久，氣憤填膺的胸口瞬間像洩了氣的皮球，變得軟弱無力，而那與悲傷的情緒神似。畢竟有時，悲傷會披上疲倦和無力的外衣偽裝自己。

等廣場的燈光離我很遠了，我才發現女人跟在我後頭。女人有氣無力的嗓音絆住了我的腳踝。

「你說，你也會這麼離開我對吧？」

過了很久，我才停下腳步轉身。女人的肩上披著微弱的燈光，看起來瘦骨嶙峋。我用腳尖嗒、嗒敲著地面，塑膠杯和鐵罐被壓得扁扁的，摩托車的巨響從面對面站著的我倆身邊呼嘯而過。真不曉得在這種時刻應該說什麼。不管怎麼樣，總是得說一句話，也正因如此，什麼話都說不出口。女人和我都在等待對方先開口，最終握住了手。是女人牽起我的手。

我把口袋裡的錢全部拿去買酒，喝得酩酊大醉，喝到憤怒和失落等情緒都成了可笑的玩意。我一喝再喝，喝到別無所求，喝到沒有要守護的東西、也沒有什麼重要的東西為止。我仰賴廉價的醉意，直到覺得自己能擁有或拋棄全世界時，才勉強吐出一句：

「我哪裡都不去。」

「我知道。」

人們避開了坐在公車站牌旁的我們，退得遠遠的。我們一直處於危險狀態，是必須避之唯恐不及的某樣東西。直到又有好幾輛公車駛離後，公車站牌才變得安靜下來。女人只是靜靜注視著十幾歲青少年騎著摩托車占據馬路、大聲喧嘩。又過了一會兒，街上再次變得冷清。

我沒有自信能揹著醉醺醺的女人回車站，所以四處徘徊尋找適當的地方，最後卻只能讓女人躺在大型教會的停車場後面。我只能讓女人躺在這種地方，待在她身邊。女人的肚子像是裝滿了石子般堅硬，全身宛如被人痛扁過的腫了起來。儘管如此，我仍被再次擁有全世界的心情包覆。如果能像這樣度過無數個季節，然後不留痕跡地消失也不錯。

我想像著世界全然瓦解的畫面，要是一切都能同等變得荒廢就好了，那樣我似乎就能甩掉這種絕望和無力感，告訴大家我們其實也與他人無異。我想要讓大家知道，我們會吶喊，會感到痛苦，我們也在逐漸走向死亡的過程中如此活著。但，這又有什麼用呢？女人和我早已潰不成軍，都能將彼此徹底毀滅的世界窺視得一清二楚了。我們就連一件能隱藏自己、偽裝自己的輕薄謊言都無法披上，而赤裸裸的真相隨時會與我們針鋒相對，劃得我們渾身是傷。

女人枕著我的手臂，緩緩地吸吐空氣。

「我要去醫院，去接受檢查，還要每天吃藥。」女人像是在整理過去的事情般說道。某天晚上喝酒喝到一半暈倒，被送到急診室的事，也說得好像別人家的事一樣。說起「出動的救護員這樣撐著我的頭，這樣抬」，擔架快速通過掛在天花板上的燈光的場面時，女人還忍不住呵呵笑了。

「是不是應該住院？」

為了讓女人感到興奮，我的手開始四處游移，將手擱在她結實的腹部，指尖的觸感硬硬的。

女人將我的手往胸部的方向拉，反問：「住院之後呢？」

「接受治療，身體也會復原啊。」

「是喔，那我真的去囉？」

女人談起很久之前住院的事，說了整個冬季填滿方形窗戶的枯枝和宛如口哨般的風聲。她說，半夜時所有燈光和聲音都會熄掉，整個世界變得闃寂無聲，當時不知道有多想念街上。女人沒頭沒腦地說著。與此同時，我緩緩地愛撫女人的雙峰。現在晚上會吹起很涼的風，我心想著，要去找條棉被或毯子。

「以她那個樣子，很難捱過這個冬天。」

我想起姜組長的話。搞不好我需要找的不是棉被或毯子，而是能讓女人溫暖地睡上一覺的房間。我數起在坍塌舊社區賺的錢，但金額差得遠了。再說，約定好的日薪也還沒全數領到。

「有個男的死了。」

我說起從欄杆跳下的男人的事。幾天後，那個抓著自己腳踝、無力地在地上滾來滾去的男人，就像作秀般從那個地方縱身跳下。原本說要不計一切手段趕走他們的管理者則改變了說詞。

「我也沒說要做這麼絕嘛。」

破壞社區、驅趕人群的工作暫時中斷，社區內的人變得非常囂張，大聲嚷嚷著趕走我們，彷彿他們會在那撐上千年、萬年。此外，有好一段時間，我一直被管理者呼來喚去。

「再怎麼說，還是有道義上的責任。」

他以要給男人家屬慰問金的名義，扣了我一半以上的日薪，我還得去警察局陳述事發經過，承受奇恥大辱，最後以非法暴力的罪名，我被判了罰金。如果不想繳交罰金，就必須做十天勞動。我和四、五個人擠在一個房間，整天折購物袋、包裝手套或襪子等。我在固定的時間起床，按時吃飯，每天在同一個房間入睡，同時默默注視著平安度過的一天。我覺得車站好像距離我很遙遠，生活也總算縮小到我足以掌握、足以觸摸的程度，那種想法讓我變得沉著平靜，但勞動一結束，我又立即回到了車站。

我無法將這一切向女人全數道出，只簡單地說工作順利結束了。我不想見到女人傷心。

「所以，那人死了？真是個不簡單的人啊。」女人說。

「是很蠢吧。」我回嘴。

「可是，死了之後，一切就能結束了啊。」

女人轉向我躺著。因為那顆凸出的肚子，女人連呼吸都感到吃力。我的腦中浮現了女人滿肚子的髒血和無法被過濾的毒素，這些玩意將會一點一滴地搞垮女人，會將如今只剩下軀體的她逼上懸崖。現在，生病的女人還得和生病的身體對抗，她卻沒有那樣的餘力了。

我說：「去醫院吧，去接受治療。」

「這樣我就不能喝酒了。」

「暫時戒酒而已嘛。」

「這樣人生就沒有樂趣了啊。」女人輕輕捏我的臉頰，俏皮地對我眨眨眼。見我還有話要說，她握住我的肩膀，小聲低喃：「你不必說什麼，抱抱我就好。」

女人溫柔的嗓音讓我瞬間變成一隻溫馴的羊，只能束手就擒，按照女人的吩咐去做。什麼誓言或決心，都因為女人的一句話而嘩啦啦瓦解。雖然女人的身體一如往常滾燙，但我們現在要考慮到女人有病在身，必須非常小心翼翼。在道路上奔馳的車輛呼嘯而過，截斷了我們的對話，在車前燈的光線中，女人的身體和蹙眉的表情化成了碎片。

女人閉上雙眼，緊緊抱住我。雖然很想全心全意集中在這個行為上，心思卻不時受到建築物的黑影、散落一地的罐子、皺巴巴的紙張和煙蒂影響。當愛只剩下赤裸裸的身軀，模樣可能就是如此駭人，這讓我覺得很難受。而這份情感，又會使我們變得多卑微？最終，我閉上雙眼，與此同時，仍沒有停下身體的廝磨與動作。

等待

一旦在街上遺失了東西，就絕對找不回來。
失去羞恥心、受人侮辱，
下一次，我們又得失去其他的，直到沒有東西能失去為止。
想像最後失去一切的自己，是一件很悲涼的事。

是清晨，很快天就會亮了，我夾在人群之中，不由得心生焦慮。晾在各處的衣物發出微酸的氣味，夢想城市的老闆似乎想通風一下，把門整個敞開，此時正在講電話。還未從睡夢中清醒的人縮起肩膀側身躺著。這個地方一天三千元，但與其稱它為網咖，更接近簡陋的宿舍。每當老闆的手機響起，等待工作的人就會豎起耳朵聆聽通話內容。懂一些技術的人相對容易找到工作，三、四個會水電的男人連忙趕往老闆告知的地方。如今包含我在內，只剩下三個人，鼠男、我和老洪。

「很冷耶，關一下門吧。」

清晨的空氣涼颼颼的，鼠男也因此變得更加敏感，原因就在於那些病死的老鼠。他將大半夜暴斃的老鼠埋在車站的花圃內，因為徒手在溼答答的花圃挖洞，到現在指甲內還卡有黑黑的泥土。此時的他正把撿來的流浪狗抱在懷中，不知如何是好。毛絨絨的狗渾身無力地趴著，沒用的東西都被丟在這條街上，這條生病的老狗一定也是被某個人拋棄了。老闆點了根菸叼著，鼠男則低頭看著懷裡的狗。

「那又是在哪裡撿來的？真是的，你打算怎麼養牠啊？」

「哎喲，不知道啦，快點給我工作，牠都生病了。我不是說牠要去醫院嗎？」

老闆一臉無言的呵呵笑著，對老洪說：「洪老伯，不是叫你別來了，怎麼還一直來，就跟你說最近都不給沒有身分證的人工作。」

「可是，搞不好會有缺啊。」

「哎喲，就沒有嘛。你別這樣，去向你的家人說一下狀況，你女兒不是住這附近嗎？年紀都這麼大了，還想做什麼呢？」

「我能跟誰說什麼狀況啊，家人算什麼東西。」

太陽出來了，已經過了七點，僱用工人的電話卻遲遲沒來。我毫無專長，徒有血氣方剛，願意僱用我的地方不多，大家都覺得年輕人很難管教又愛找麻煩。在這裡，老人反倒比較有利。只要過了一定年紀，就可以透過中心領到補助，基本生活費也會獲得支援。來日不多的他們，再也沒有工作的必要，但不老也不年輕的我，離那些援助很遙遠。我還剩下太多日子可過。

「你不是有很多地方可以上工嗎？」回車站的路上，老洪問。

我可以替車站附近的中國餐廳跑外送，可以跑遠洋漁船，漁船每一、兩個月就會回來一趟，也可以在郊區工廠做包吃包住的工作。搞不好工作機會比我想得還多。但我害怕無法回到這裡，如今，我很難想像一天不在廣場的日子。

某天，我到鄉下的小車站修鐵路，回來後發現女人不見了。我在外頭徘徊了大半天，才聽說女人被送去了很遠的地方療養院，而且全國的療養院太多了，也沒辦法得知會送去哪一間。廣場上的人都不覺得這是什麼大事，七嘴八舌的說著風涼話：

「很好啊，幹麼大驚小怪。那邊有供飯，既安靜又乾淨。」

「怎樣都比這裡好吧。」

「幹，那不然你去啊！」

原本默默聽著的我，最後朝某個奚落的人的臉揮拳。趕著回家的路人紛紛停下腳步，轉頭看向我們。男人啐了一口，將參雜血絲的口水吐在地上，一把揪住我的領口。整整上了三天大夜班的我，全身有氣無力地晃來晃去。男人把掛在一邊肩膀的背袋放下，打算和我正式幹一架。他捲起袖子，露出厚實的手臂。沒人出來阻止我們，還有站在遠處圍觀的人拿出手機拍照。男人的拳頭揮了過來，我隨即失去重心，身體踉蹌了一下。儘管如此，圍住我們的人也只是全神貫注地盯著看。都是你們，才害女人落得這種下場，是你們把沒做錯任何事的女人硬是送去鄉下的醫院。我用全身的力氣去推男人，整個人也跌在他身上。

男人和我在滾燙的水泥地上翻滾，我拚了命的撲過去。雖然挨了一頓毒打，但我沒有放棄。我彷彿變成那個跨過欄杆跳樓的男人，將身體扔了出去，什麼都不怕。我沉痛地領悟到，在那一刻，自己仍有一樣東西不想失去。在我們扭打成一團時，一疊萬元鈔票剎時撒在水泥地上，而我只是任由那些原本叉著雙臂看好戲的人快速靠近，把錢撿走。原本忙著拳打腳踢的男人，也連忙爬起來撿拾和搶奪鈔票。我全身無力地躺在地上，靜靜等待騷動平息。花了三天燒熔、修剪、拼湊線路所賺來的錢，瞬間化為烏有。

黎明時分，為了規勸在援助中心引起騷動的我，姜組長跑來了。

「你的臉怎麼了？」

我老實地招了，說因為職員不願意告訴我女人去了哪裡，才大鬧了一場。姜組長仔細檢查我臉上的每一處，握住我的下巴東轉西轉，盯著我破相的眼角和裂開的嘴巴四周。

「對了，鄉下的工作還可以嗎？」他開始裝蒜，講些有的沒的。「以後如果車站缺人手，就來工作吧。行李寄放中心的工作不錯，也可以進鐵路檢查組。」

「她去了哪裡？」我像是不把這些事放在眼裡般，執著的追問女人的行蹤。

「你別這樣，乾脆去別的城市吧，別一直待在這，我覺得那樣比較好。」

「我問你，她去了哪裡？」

組長喝完咖啡，一邊翻閱文件，一邊等我平靜下來，接著斷然地說：「你也知道，她沒辦法再撐下去了。她必須接受治療，唯一的方法就只有去那種療養醫院。」

組長花了很長時間解釋為什麼大家只能去療養院，也提到這些無法領政府補助的人，能接受治療的地方就只有民間醫院，因為他們必須確保患者的人數，才能從政府那獲得補助。組長問我，生病的人可以得到治療，醫院也能獲得補助，這不是兩全其美嗎？

「所以醫院在哪裡？」

「知道了又怎樣？你又不能幫她治療。要是放著不管，到時有個三長兩短怎麼辦？」

組長將沾濕的毛巾遞給我，我將滿是汗水和血跡斑斑的臉埋進濕毛巾，維持這個狀態好半晌。組長撫了撫我的背，我緊閉雙眼，調整呼吸，感覺眼睛異常刺痛。

「這是經過她本人同意的，她說身體太痛苦了，想接受治療，沒有人強迫她去。明白我的意思嗎？」

「那怎麼不是強迫？對一個毫無選擇的人說她只有一條路可走，那不就是強迫嗎？」我清了清沙啞的嗓子。「說吧，她在哪裡？」

也許女人根本回不來了，不，搞不好不回來比較好。就算見到女人，我也無法要她回到這裡。儘管不知道該做什麼，又該怎麼做，但我仍反覆問著相同的問題。

「如果你真的想知道，我會去幫你打聽，不過那樣做對彼此都不好。」

真希望自己可以像那些在此遊蕩的老人家一樣瞬間變老，突然得病，然後某天被丟進醫院，真希望能在那裡和女人度過餘生。與其對虛幻的餘生抱持期待，索性投入失望與絕望的懷抱更好。

嗒嗒，組長的腳尖輕輕點地。

「要是回來了，你可以為她做什麼？就算情況反過來也一樣。」

組長斷然的說，擅自斷定著那些尚未發生的事。無法為彼此做任何事的兩個人在一起，為什麼就是問題？這樣的關係不是很公平嗎？為什麼認定我和女人無法幫助彼此？一無所有，難道就無法給予嗎？他為什麼一心想把我們趕出這個廣場？為什麼女人和我在廣場虛度人生就是錯誤？我們不過是待在廣場的某個角落，無所事事地度過一天罷了，就這樣。想說的話堵住了喉頭，我卻無法依序將它們說出口。

「你知道什麼人是最惡劣的嗎？就是讓別人認為自己別無所求的人。一旦自己覺得很滿足，這樣就夠了，人就會什麼都做不了，這會毀了彼此。」

組長說話時，我將毛巾折成一半，將臉埋進毛巾。

「他媽的，幹。」

我悄聲嘀咕，不讓組長聽到，緊閉的雙眼卻又滲出了滾燙的淚水。

＊

沒有女人的廣場一天比一天寬敞靜謐，時間彷彿再度靜止般在原地打轉。我拒絕了石先生和組長介紹的所有工作，成天無所事事地躺著，持續睡睡醒醒，直到腰桿痠痛為止。腦中甚至還想著，如果可以，真希望可以這樣一年睡過一年。我什麼都不做，只剩腦袋在運轉。

幾天後，我從別人口中輾轉聽到女人在哪個地區醫院的消息，但我也只是表現得好像馬上要去搭火車似的，目不轉睛地抬頭看著車站的電子螢幕，每一、兩分鐘就確認出發的火車目的地和抵達時間。只要三、四個小時，我就能見到女人，興奮和激動之情隨著想法膨脹，但另一個我又不禁捫心自問：

所以，接下來你又能做什麼？

我不斷在車站內徘徊。搭上火車去見女人，這些我期盼的事也改變不了現狀。就算能改變一時，終究也會恢復原狀，不管我想要的是什麼，女人企盼的又是什麼，一切都不會改變，什麼都做不了。

我什麼都做不了。

絕望感逐一擊敗了我體內的期待和計畫，我很快就變得空洞晦暗，猶如在半空中飄浮的塑膠袋，成了一無是處的廢人。再這樣下去，我就見不了女人，不能和她見面。但我又想，女人本來就又老又病，那不是我能掌控的問題，我既解決不了，也沒必要那麼做。我應該和更好的人來往，而且我也辦得到。我試圖讓女人變成一個很糟糕的人，卻每一次都以失敗作結。我站在原地，目光追逐著忙碌來往的人潮，直到平息自己的失望與羞愧為止。

星期天，我和大家一起上教會，要足足搭一個小時的地鐵才能抵達。冷清的地鐵令人神清氣爽，黃澄澄的河水在窗外流動。我再度想起女人，同時領悟到，我以為自己成天想著女人的原因是因為一直待在車站，這個想法有多麼天真。

「一定要拚命跑，到了三點，一切就結束了。」

坐在隔壁的光頭以低沉的嗓音說道，我心不在焉地點頭。無論用盡各種辦法，我都無法將女人拋在腦後，但搞不好，我想念的其實不是女人，而是女人的身體。

「身體太契合了，契合到匪夷所思，你不覺得嗎？」

摟抱女人激烈交合的記憶時不時跳出來，弄得我驚慌失措。無論人在哪裡，身體都能快速被點燃慾火，變得滾燙。我無法抹去即便整天像幽靈般飄來飄去，只要碰觸到女人的體溫，血液就會急速流動的感覺。有時，我發現女人會假裝呻吟、扭動身體，但如今那種事一點都不重要。我只深刻地感受到，倘若那真是女人的一種體貼，該多麼珍貴。同時也明白了那短暫卻強烈的瞬間對女人、對我而言即是全部，這樣就夠了。女人使我有了生命，讓我繼續活下去，也讓我有了生存意志。後知後覺的我回顧著點點滴滴，束手無策地注視著女人留下的一大塊空缺。

在轟隆作響的地鐵上，我竭力想起女人鬆軟柔嫩的耳廓和大腿內側溫暖的感覺。好想再次感受那柔軟的胸脯和手掌的溫度，只要一次就好。我喃喃自語。

「你認為這種地方可能會有愛嗎？」

就某種層面來看，女人的這句話沒錯。那有可能只是拋下一切、拋棄全部後唯一僅存的本能。也許就像吃喝拉撒睡，是身為動物最終無法拋棄的生理需求。這樣說來，這不就是愛嗎？黃澄澄的河水在車窗上漂流，而我的臉孔也浸泡其中，隱隱約約。

做禮拜從一小時延長為一個半小時。我們在距離地鐵站最近的教會聽傳道，但手上沒有聖經，也無錢可捐的我們分散的坐在教堂後面。在禮拜結束之前，我們就連忙走了出來。站在教會入口的兩名男人給了每人一個五百元銅板。給予的一方和接受的一方都沒有說話。我們趕緊收好錢，朝下一個教會狂奔，為了怕錯過時間，有時連紅綠燈也不管了。教會俯拾即是，宅心仁厚的教會甚至會給一千元鈔票。一整天跑五、六個教會的禮拜，領到的錢不算多也不算少。

「能祈禱又能領錢，摸蛤仔兼洗褲，有什麼不好？」

有人講了個冷笑話，卻沒有半個人笑。沒有人認為那是無需代價就能得到的錢。曾在陌生人面前伸手的人就明白，那小小的手心能夠訴說多少故事。所以說，現在我支付了羞恥心、受人侮辱，用以換取些許的金錢，那麼，往後我就會連它們是什麼滋味都徹底遺忘。一旦在街上遺失了東西，就絕對找不回來。失去羞恥心或受人侮辱後，下次我們又得失去其他的，直到沒有東西能失去為止。想像最後失去一切的自己，是一件很悲涼的事。

＊

早晚會吹起涼風，白天的陽光雖熾烈，但等到太陽下山，廣場也會變得蕭瑟冷清。舊衣物被送進援助中心，職員花了兩天把衣服分給大家。我挑了一件長袖襯衫和一條運動褲，貼身衣物還有兩件，所以還不著急。雖然年紀大的人可以多拿一件外套和背心，但他們只拿了方便隨身攜帶的衣物。年紀越長，背包就越小、越精簡。辦公室的牆上貼著補助金和居住援助審查行程表。秋天就快到了，等秋天過了，冬天也會驟然降臨。職員見有人經過，就抓著他們，要他們每一項都申請。職員急得團團轉，但真正要在街上過冬的人倒是老神在在。

「去年車站死了三個人。」姜組長把我帶到辦公室後面，對我說。「在街上過冬是很辛苦的。」他點了根菸，勸告我。

女人被送去療養院後，我對組長就很冷淡。有天晚上，我打破了辦公室的窗戶，甚至在辦公室的貨車車廂縱火。組長知道是我所為卻悶不吭聲。他將菸蒂扔掉後，又點了一根菸叼著，直到菸快抽完了才說重點。

「你幫我去做一件事。」

他說，有個女生懷孕了。這種事不常有，但也不算罕見。沒有適當工作的女人用什麼方法掙錢，大家都心知肚明。出賣身體換取的錢，連買避孕藥都不夠，所以一再發生有人懷孕生子的情況。組長說了女生的年紀、情況和處境，試圖想打動我，甚至追問：

「不認識嗎？沒見過？」

我好像看過那孩子在高架橋或飯店賭場附近徘徊，但只記得她像顆黑豆般又瘦又小，沒和她說過話，也不曾有過眼神接觸。之前頂著蓬頭亂髮穿越廣場的是那孩子嗎？記得女人還看著那宛如狗啃的髮型竊聲說了什麼。組長拜託我，當那女生的男朋友三、四個鐘頭，再把她重新帶回廣場。

「已經第三次了，總不能再任她生下孩子吧？」

墮胎是違法的，他擔心隸屬市政府的員工若與這種事有牽連，處境會變得很為難，因此似乎想靠和那女生年紀相仿的我解決問題。組長說現在中心處於緊急狀況，援助預算會被刪減，還說了先前生下的孩子被送去哪裡，那些孩子往後又會如何長大。組長說個不停，想到什麼就說什麼，毫無章法。反正，這件事與我無關，誰生了孩子，誰離開了，誰發瘋了，誰死了，這些死不了的人繼續活著，對發生的一切佯裝不知情。這兒的生活，不就是這樣嗎？

「你真的認為無關嗎？怎麼會無關呢？你不是屬於這裡的人嗎？」他用溫柔的語氣循循善誘。「世上沒有什麼無關的事，無論發生任何事，我們或多或少都有責任。如果不這麼想，就什麼事都做不了。」

我以與在醫院的女人通電話為條件，答應了組長的請求。姜組長也按照約定，在辦公室角落撥了通電話到醫院。他先報上自己的單位和姓名，滔滔不絕地解釋為什麼急著通話，接著又經過一連串確認身分、職位、和女人的關係是否無誤的漫長過程，最後才終於得到電話那頭的首肯，要組長稍待片刻，但不管等了多久，仍只得到「現在不方便通話」的回覆。

「患者現在不想通電話。」

對方用制式又神經質的聲調重複說著同一句話。姜組長於是說了我的姓名，試著改變情勢，但和女人通話這件事仍宣告失敗。組長打開皮夾，拿出錢，給了我計程車費和多餘的錢，接著將手術費遞給我。我怔怔地低頭盯著話筒，好不容易才撫平的情緒再度蠢蠢欲動。我調整呼吸，避免它們瞬間變得張牙舞爪。

「先去一趟吧，回來再打打看。」

在組長苦口婆心地說服下，我滿心不情願地去見了那個女生。真正見到本人後，發現她的年紀沒那麼小，而她似乎也不覺得自己的處境有多糟。我按照組長的吩咐攔了輛計程車，到了預約好的醫院，但下車後仍一直在附近打轉。醫院就位於大學後方，但不管在迷宮般的巷弄裡繞了多久，仍遲遲不見醫院的蹤影。貌似大學生的人們不停側眼打量我們，離開車站一帶，我的樣子就顯得寒酸無比，彷彿有人在我面前擺了面鏡子，使我羞愧得無地自容。我對那個一句話也不吭，只會跟在我屁股後頭一拐一拐走著的孩子發了脾氣。

「我對這裡不熟，一次也沒來過。」

那個孩子一臉驚恐，很恭順地說道，但那種態度更讓我煩躁。想到她帶著那張天真爛漫的臉孔，愚蠢地四處遭人利用，不禁怒火中燒。我盯著那孩子白皙的前臂和纖細的手腕，停下腳步，超商買了點喝的。在我走進超商、買東西、結帳的時候，那孩子也只是乖乖地站在馬路上。模樣稚嫩的學生們經過時，撞了那孩子的肩膀、背包和手肘，那孩子縮起身子，不斷退向人行道的側邊，越走越裡面。我忍不住想，打聽醫院、拿掉孩子，再把那孩子重新帶回去，做這些到底有什麼用？我按捺不住心中的煩躁，喊了那孩子一聲。

每跨出一步，那孩子的肩膀就往下垮，接著再次聳起。她一隻手拿著飲料，卻完全不敢有喝它的念頭。要是我問她什麼，她只會反覆說沒關係或不知道，好像再也不會說別的話似的。我仔細觀察，她好像連自己懷孕，現在是要去拿掉孩子都不知道。那孩子聽完我說的話後，不是隨即忘掉，不然就是聽不懂我的意思，只會傻傻地眨著眼睛。我沿著成排的店家走了一會，然後走進位於巷弄角落的汽車旅館停車場。我站在入口，付了錢，也拿到了鑰匙，但那孩子依然像個傻子般不停吸飲料。

我脫掉衣服，走進那孩子正在沖澡的浴室時，她也只是任由我進去，頂多害羞似的稍微縮了一下身體，轉身面向牆壁。我站在熱水灑下的蓮蓬頭下方，輕輕撫摸那孩子的腹部、背部和肩膀。她的身體乾瘦緊實，雖然一舉一動顯得很沒自信，也沒什麼性感魅力，但光滑明亮的身體充滿了活力。她呆呆地背對著我，過了很久才轉過身，配合我的姿勢。她對這些動作駕輕就熟。她跪坐下來，輕輕摩娑鼠蹊部周圍，接著將我的性器緩緩含入口中。那溫熱的觸感令我無力地將頭往後仰，嘴巴微張，就這樣站了好半晌。

沖完澡後，我倆並肩躺在鋪著白床單的床上。那孩子的身體發出甜甜的肥皂香，我的情緒高漲難抑，一關掉燈，世上的所有光線和噪音也同時消失了。

我想起那些和女人在街頭共度的夜晚，但在這個阻隔噪音、燈光與街道的房間裡想到那些，無疑是件痛苦的事。我很想平心靜氣地追憶女人，但只要想起兩人躺在骯髒的柏油路上，氣喘吁吁地交纏在一起的畫面，沿著全身流動的血液就會瞬間冷卻，整個人變得慵懶無力。我撫摸那孩子的胸脯，貼上她的唇，竭力想要擊退關於女人的記憶，把與女人共度的夜晚清到一旁，但我仍不可自拔地想著女人。

我對緊緊抿著嘴巴忍耐、迎合我的孩子說：「妳叫叫看。」

我還一邊喘氣一邊要求。

「身體動一下，我叫妳動一下。」

我甚至忘了她的體內還懷著孩子。搞不好我懷念的不是離開的女人，而是女人的身體。只要能夠接納我，解決我的慾望，不管對方是誰都無所謂。我對那孩子悄聲呢喃，說她很美，還亢奮地說我喜歡她。我任由躁動不已的自己胡亂說話，對自己像其他男人一樣糟蹋、玷汙這個純真脆弱的孩子視而不見。

我站在汽車旅館漆黑的玻璃門前，將幾張鈔票遞給那孩子。

「看妳要去哪都好，別再回來。」

我用彷彿很擔心那孩子的語氣說著，叮囑她要記得去拿掉孩子，警告她「街頭的生活會毀了妳」，還給了她忠告，「不要輕言放棄，無論如何都會有辦法的。妳太年輕了，不可以這樣過活。」

那孩子只是一言不發地低著頭，不知道有沒有在聽我說話，搞不好她內心暗自在嘲笑我。這樣的自己令我作嘔，所以我不停拉高嗓門，把相同的話說了又說。最後，我把那孩子丟在她從沒去過的街上，逕自回到車站。

*

「所以，你就這樣讓她走掉了？」姜組長問。

他還沒下班，一直坐在廣場中央等我。聽到我說那孩子不願意進醫院，兩人起了口角，最後就任由她走掉後，組長一臉不可置信。由於一直有街友向組長打招呼，對話不停被打斷，組長則是簡單舉個手來代替問候。見組長沒有像平時一樣熱絡的問候那些人，詢問他們的近況，我知道他一定生氣了。

「所以她去了哪裡？也沒說嗎？」他的聲音平靜得嚇人。「你明知她的狀況如何，卻袖手旁觀。」

他抽著菸喃喃自語，像要把所有話一吐為快般大口吸氣，卻只吐出了白色煙霧。

「好，那錢呢？我拿給你當醫療費的錢。」

我結結巴巴地說，錢都給了那孩子。

「這樣啊，你是說全部都給了那孩子？」

組長細細咀嚼我說的話，重新在一根新的菸上點火，有好一段時間沒再說話。

「你知道為什麼這裡的人離不開這裡嗎？」

組長捻掉菸時問，我也仿效組長，用目光追尋來往的人潮。那些人為什麼離不開這裡？如今已成為其中一員的我，無法得知他們為了什麼留在這裡。這件事無法簡單用一句話說明，也讓人越來越無法捉摸。滯留在此地的理由有百百種，但不該滯留在此的理由又更多了。組長像是在嘲笑我似的說：

「是因為錢啊。」他用舌尖潤濕乾澀的嘴唇。「不是因為沒錢，而是因為覺得錢太神通廣大了。那些人認為，自己絕對無法擁有像錢一樣偉大的東西，所以一旦手上有錢了，就會不知如何是好。」

他按了按太陽穴，皺起眉頭。

「不管是覺得錢很偉大，或是錢很可笑，終究都是相同的，因為都會讓人失去想嘗試或挑戰的念頭，你說是不是？」

組長像在徵求我同意似的與我四目相交，眼神彷彿早已將我徹底看穿。我很努力不去想口袋中剩下的錢和那孩子的臉孔，最後還是避開了組長的眼神。組長站了起來。

「總之，那筆錢是我給你的，我也從沒要你給那孩子，所以我要負起責任。今天就到這吧，明天早點來辦公室。」

我什麼都沒說，在原地看著組長的背影逐漸走遠。等那孩子回來，這個謊言就會被拆穿，但我沒有半點後悔，真正犯錯的，是一開始就不該向我拜託這件事的組長。

我就這樣對自己越來越寬容。一無所有，也不可能失去什麼的我，也許最同情我的人，就是我自己。也許我就像那些如幽靈般在廣場遊蕩的人一樣顧影自憐，卻又縱容這一切。可是，又能怎麼辦呢？如果不那樣做，就會變得難以忍受自己。我將手放入口袋，不斷撫弄那厚厚的一疊鈔票。

*

拆除與整修新車站的工程逐漸告一段落，重達好幾噸的大型機械消失了，堆放在廣場角落的材料也被整理得乾乾淨淨。手扶梯完成了，處處設立起呈正方體的吸菸區，原本的平面長椅換成只能讓單人坐下的圓柱狀。我走上寬敞平整的階梯，使勁踩了踩階梯中間建造的花圃，甚至還用全身重量反覆推開又高又大的玻璃門。

每天早上，配給免費餐點的人都會不時和車站工作人員在廣場上起口角。

「不是嘛，怎麼可以在這裡設長椅？」

負責設置料理食物的大型瓦斯爐、擺放長桌的人手忙腳亂，不曉得要把東西擱在哪，但車站工作人員只會愚蠢地站在那，像鸚鵡一樣重覆說著不可以在這裡、也不可以在那裡。儘管姜組長和派出所的警察全都跑來了，也解決不了問題。不然放在這裡如何？不，放在那邊比較好。見到有別於昨日的廣場景象，大家都一樣慌了手腳。每隔一、兩天，這地方就會變得截然不同，完全不給大家時間去適應或習慣。

車站以工程或安全考量為藉口設置障礙物，擴張禁止靠近的區域。打算來吃飯、睡覺或尋找自己地盤的人別無他法，只能轉移陣地。每天晚上，為了能睡上一覺，我會走到離車站很遠的地方，因為我原本的位置已經被巨大標誌、大型花盆和自動販賣機占據。到了晚上，又把燈開得通明，花一、兩個小時清掃，所以很難入睡。他們用大型水管在階梯上灑水，讓機器馬不停蹄地運轉。白天的情況也相同，為了找到一個可以舒服坐下、打發時間的座位，街友們在車站附近徘徊的時間更長了。

幾天後，建在廣場中間的噴水池亮相了。從很早之前就以五色帳篷遮住的噴水池前擺了一張講臺和多張塑膠椅，掛上的橫幅布條和輕快音樂吸引了人潮聚集，而我只是站在遠處觀賞安裝喇叭、麥克風和燈光的工人忙碌地奔走。

「那個該死的噴水池，根本就是存心把我們都趕走嘛。你看看，有看到吧？」鼠男摟著有氣無力的狗，嘴巴不停嘀咕。

狗兒吐出了舌頭，只剩下一口氣存著。街上的人接二連三地聚集到噴水池旁，我將雙手交叉於胸前，靜靜看著他們。

幾個穿黑西裝的人走過來說：「不可以待在這裡，請退到那邊。」

他們把我們趕到遠處，直到他們認為可以了為止。在穿西裝的人、拿相機的人、推嬰兒車前來的家庭、手中拿著氣球的情侶逐漸填滿噴水池旁的空缺時，交通警察在馬路上指揮交通，確保停車空間。活動在市場棚架底下展開。站長現身，指著車站與廣場煥然一新的景象，席間隨即響起熱烈的掌聲。數完一、二、三，五顏六色的氣球瞬間飛上天空，蓋住噴水池的五色帳篷也被拉開。

那是個大型的環狀噴水池，以噴水池中央噴出的粗水柱為序幕，接著細細的水柱如雨後春筍般出現。水噴濺在周圍的地面上，大家都情不自禁的抬頭仰望白花花的水柱，相機快門聲和歡呼聲混雜在一起，竄到空中，而這項喧鬧的活動一直延續到傍晚。

天黑後，我就到援助中心去做組長留下的工作，在衣物間整理舊衣物和鞋子，還有在倉庫整理資助物品。有時我會將淨水器拆開來擦拭，或用硬刷子刷洗淋浴間地板。今天我要做的工作是替解體的椅子釘釘子，維修會搖晃的桌子。辦公室的日常用品幾乎每天都會被摔個稀巴爛，這全要歸功於容易情緒激動的街友。工作時，我會穿上和職員相同的黃背心，這也是和組長的約定。我和組長說好，一天在這裡工作三、四小時，直到還清給那孩子的錢為止，但組長沒有明確說我應該做多少工作，還有必須做到什麼時候。

「就做到你認為夠了為止。」

他只說了這句話。晚上只有夜間緊急小組留守的辦公室很安靜，也很舒適。有幾個人事前得到了允許，可以在辦公室就寢，他們在電視機底下鋪了床位躺下。即便我將椅子放倒在地上敲敲打打，他們也沒有半句怨言。他們白天在中心工作，換取微薄薪水。雖然薪水都由職員代為管理，但他們沒有任何不滿，因為他們相信，唯有這樣做才能擺脫這個地方。王家呆呆看著我工作，接著轉身面向另一側躺著。

不久前，有個不識字的男人大鬧了一場，他抓著王家的衣領搖晃著大吼：「臭小子，你算老幾，你又不是這裡的員工，不就跟我一樣都是露宿街頭的。幹，少在那裡囂張，以為自己多了不起！」

王家的身材非常瘦小，他的名字很長，聽起來也很難，因為第一個字發音是王，所以記不住他名字的人乾脆就叫他王家。

「骯髒的朝鮮族，低賤的中國鬼子，滾回你的國家，別在這裡覬覦別人的飯碗。幹，要是老子現在報警，你這髒東西馬上就會被抓走。你最好感謝老子。」

職員跑過來拉開兩人，讓兩人冷靜下來，男人依舊咒罵個不停，王家只是默默垂著頭，立刻避開了。在這裡工作的都是不符合各項援助資格的人，不是別的國籍、有前科，就是未成年。除此以外，還有很多我不知道的理由。雖然基於那些理由，他們獲得了在這裡工作的特權，但也因此引起其他人的不滿和憤怒。這種事無法明確區分是非對錯，所以大家的怒火也就更不容易平息。

雖然自認已經還清了那筆錢，但我仍持續到辦公室工作，因為穿上黃背心工作時，成天躁動不已的情緒就會平靜下來。我甚至想，要是焦慮和憤怒的情緒平復了，是否就能像在毀損的椅子上釘釘子、添加木板一樣，修補、改變我的人生？又或者至少還能有點用處？看到這樣假設的自己，我感到很愉快。這時，我會覺得自己與廣場的距離變得非常、非常遠。工作結束後，我會坐在辦公室外的長椅上消磨時間，就像女人先前那樣，坐在那裡眺望幽暗的廣場。

女人還在時，我感覺自己無所不能，我曾有那樣的自信。倘若那可以稱為希望的話，即便只有拳頭大小，我也可以快速滾動它，使它如雪球般瞬間變大。期待與可能性那類東西很容易讓身體膨脹，但女人消失後，它們也快速地傾頹瓦解。

倘若，那種東西還能被稱為希望的話。

孑然一身的我無法輕易創造、豢養那些東西。我只能想著，倘若它萌生了，倘若能單憑我的力量去創造，這一次我絕不會讓它輕易消失或瓦解，因為，那是屬於我的，不會因為誰離開或回來，就萌生或消失。

到了晚上，全身的神經都因如今不在這裡的女人而繃緊。放眼望去，依然能看到在廣場的每一處與女人依偎的我。一日不離開這裡，就無法擺脫那些記憶，但也因此，我暗自發誓絕對要離開廣場。我站了起來，走進廣場中央，每跨出一步，就下定一次決心。

＊

一大清早，鼠男尖銳的嗓音就把整個廣場都叫醒了，原本趕著搭首班車而加快腳步的人潮，此時都站在遠處，以鼠男為中心圍成了一個圓。在拉下捲門的購物中心前睡覺的人則不停翻身，隨著鐵捲門拉起時的震動，尖銳的金屬聲也跟著響起，我躺在花圃下方，動作遲緩地支起身子，階梯下方的鼠男身影被花圃擋住了，看不太清楚。

一名看起來像司機的男人和鼠男站在車門打開的計程車旁。司機指著計程車搭乘站，說：「喂，有過失的不是我，是這條狗自己跳出來的，是牠自己跳到這條車道上的。」

但鼠男沒有轉頭，只是低頭看著地上一團黃色的東西，嗓門越拉越高。等到我稍微走近一點，才驚覺那是鼠男一直抱在懷中的狗。狗兒的舌頭吐得長長的，雙眼已經闔上，就像一條被使勁擰乾的抹布，身體被扭成巧妙的角度。

「一大早就碰到這種衰事。」

看到鼠男在自己面前不停跺腳、大吵大鬧，男人翻了翻口袋，拿出皮夾，從裡面取出幾張鈔票，原本大吼著要男人把狗救活的鼠男，很快就安靜了下來。他把錢收好，將那條死狗放在手推車上，男人則露出「我早料到是這樣」的表情，不屑地咧嘴嘲笑，吐了口唾沫。

「啊，這裡真的要趕快整個翻新了。」他用傲慢的口氣朝其他司機說。

鼠男推著手推車，走向廣場後方，我則默默地一路跟著手推車經過停車場，走出巷弄。走了很久，鼠男才停下腳步，將頭貼在手推車的把手上調整呼吸。在車輛停成一排的巷子中央，一片嫣紅的天空在他的頭頂上緩緩張開臂彎。等到紅光褪去，天空就染上了淡藍色，接著很快就會天亮。鼠男晦暗的背影微微顫抖著，我一靠近，便聽到他喃喃自語。他依然把頭靠在把手上，嗓音帶著哽咽。

「別跟著我，走開啦。」

我停下腳步，沒有再靠近。

「這些狗崽子，把我的東西都搶走了，一個也不留給我，全都搶走了，幹他媽的。」

他生氣地用力捶把手，抬頭將怒吼用力塞進靜謐的巷弄，響亮的嗓門把整條巷子都叫醒了。反正狗終究也活不了多久，就算沒有被車撞，遲早也會死掉。鼠男比誰都心知肚明，卻裝作什麼都不知道似的叫屈。我想起先前他將死老鼠埋在車站前花圃時的樣子。

「你沒有要埋葬牠嗎？」

「問什麼問，干你屁事啊！」

「不能埋在花圃，那裡是管制區。」

我的聲音敲擊著空蕩蕩的巷弄，又彈了回來。車站工程告一段落，晚上常駐的站務人員增加了，他們會在固定時間巡視車站、管理設施，避免有人進入禁止區域。不久前，還有人因破壞掛在正門口的公告，被警察開了幾萬元的罰單，沒錢的就必須靠勞動來取代罰金。像這種把死狗埋在花圃，和站務人員起口角導致被警察開單的事，我希望能夠避免。鼠男把頭貼在手推車上，哭得像個傻子。

鼠男和我依序經過飯店和圖書館，朝高塔的方向前進，然後將手推車停放在馬路旁，脫離了散步小徑。我蹲在可以眺望飯店的石頭旁挖地時，鼠男一語不發地抱著狗。為了不要表現得太急切，我摸了摸泥土，慢吞吞地挑掉小石子，即便覺得洞口已經挖得夠大了，也沒有催促他。鼠男以「洞挖得太大了」「這裡位置不好」當藉口，脫下T恤，把死掉的狗抱在懷中。

「回車站吧，這裡太遠了。」

無論我怎麼極力說服，鼠男仍堅持己見。他和我又按原路折返，抱著小狗的他與拉著手推車的我，兩人的身影映照在馬路上，被擠成長條狀。鼠男不停撫摸懷中死掉的狗，對牠悄聲說話。就算冒著被抓到後會罰勞動的風險，他終究還是會把牠埋在車站內的花圃裡。

我回到廣場上，不可置信地發現女人竟然在那裡。

頂個一顆圓肚子坐在那裡的人確實是她。女人坐在噴水池旁，呆呆地仰頭望著噴湧而出的水柱，宛如橫渡了極為漫長的時光才來到這裡。自從有了噴水池，經常有人大老遠跑來欣賞，廣場總是人滿為患。夾在觀光客和那些攜家帶眷前來的人，在他們的明亮打扮與開心表情之間，女人的身影格外引人注目。

在廣場中央握著女人的手、與她相擁親吻，這個重逢畫面我在腦海中想像了無數次，但此時才領悟到這件事有多無謂。所有人都會嘲笑我們，我們會立刻變成笑柄。我站在遠處靜靜看著女人，她以比我想像中更寒酸潦倒的模樣歸來了。

在陽光灑落的白晝，華麗水柱湧出的廣場上，女人就被擱在那裡，猶如某人弄丟的一只行李箱。我沒有立即奔向女人，也沒有大聲喊她，而是像個陌生人般在遠處注視女人。這是我不曾想像過的畫面。那人果真是我思念多時的人嗎？我暗自詢問自己，與此同時，孩子們在噴水池旁跑來跑去、爬上爬下，嘻嘻哈哈地玩耍。

妳的名字

我對自己有生命力的肉體感到厭惡，生活這麼痛苦煎熬，
我還渴求另一個人的體溫，這令我感到噁心。
必須以這種與「人」絲毫沾不上邊的方式解決身體的渴望，
這實在太過駭人了。

一整天，我對女人的態度都很冷淡，女人對我亦然。我們彷彿初次見面般打招呼、四處張望，再用餘光偷瞄彼此。每當細細的水柱同時從地面湧出時，在噴水池周圍跑來跑去的孩子們就會興奮地大叫，相機快門聲也跟著響起。

「多了一個噴水池呢。」女人望著噴水池和吸菸區說。

她指著新建的花圃與長椅，觀察周圍的變化，但仍沒有和我對上眼神。過去，我們經常並肩坐在中央階梯上，但現在那裡已經完全被大型裝置藝術占據，人潮在大型鋼筋軌道下來來去去。

有些人認出女人，過來向她寒暄問候，我趁機偷瞄了女人的臉龐和腳尖，她的膚色好像稍微亮了些，臉上的紅斑似乎也消褪了許多。我沒有伸手抱住女人，而是將雙手插入口袋。

「什麼時候回來的？」

「今天早上。」

「怎麼回來的？」

「搭火車。」

女人從口袋拿出剩餘的錢給我看，有滿滿的一疊鈔票和零錢。

「哪來的錢？」

女人一開始說是把每週療養院給患者的點心費存起來的錢，又說是本來就有的，還說是政府補助，最後才據實以告，是從某個快死的人那裡偷來的。

「沒辦法，不這樣做就沒錢囉。」

女人又習慣性地朝我擠了擠眼，這時她才總算像是我認識的那個人。我們沿著廣場散步，欣賞煥然一新的風景，直到太陽落下為止。我們心照不宣地沒有走往援助中心辦公室的方向，時不時就抬頭看鐘樓。明明沒有必要，我們卻在等待夜晚的來臨，關於這一點，女人和我都沒有說出口。

我們離開了廣場，一路走了兩站的距離，每當火車經過，就會聽到轟隆轟隆的聲音，街道也跟著輕微搖晃。在搖晃的街上，女人牽起了我的手，一碰觸到女人的體溫，全身的緊張感與尷尬感瞬間抽空。我緊緊握住女人的手，兩人就這麼佇立在微微震動的馬路上好一會。我心想，真希望此刻我們腳下踩的這塊地能夠徹底塌陷，我想看看世界的每一條道路有條不紊地崩塌瓦解的景象。一切都很公平地消失不見，而我想和女人一同被埋葬於那一瞬間。

女人付了房間的費用，我們走進小小的房間，一起清洗身體。在熱水灑下的蓮蓬頭下，女人緊緊抱住我。因為女人那圓滾滾的腹部，我必須將上半身往前傾一些才能抱住她。女人沒有因為寒冷而顫抖，也沒有為了不想洗澡而死命掙扎，她就像我先前做的那樣，搓揉出肥皂泡沫，輕輕撫過我身體的每一處。

「我很想你。」

當我們裸身並肩躺在床上時，她如此喁喁細語。我則靜靜眨著眼，聽女人說那些悄悄話。我喃喃自語，在燈光熄滅、噪音消失的小小房間，我關上門，和女人並肩躺在一個小房間，這個畫面我夢想了許久。我忍不住想，區區幾張鈔票就能買到的這個夜晚，想得到它卻比死還難。同時又不免擔憂起到了明天、後天，我倆又必須睡在街上的落魄夜晚。

「怎麼一句話都沒說就走了？」我將雙手擱在胸前，直視前方問她。眼前什麼都看不見，我的聲音在靜謐的房間擴散開來，小冰箱短暫發出嗡嗡的運轉聲，接著又靜止了。

「你那時不在嘛，我生病了，也沒別的辦法。」

女人的手滑進我的胸膛，原先沉澱的情緒剎時全部甦醒。女人的手，加熱了我冰涼的血液，我情不自禁張開嘴巴，緩緩吐氣。

「你不希望我回來嗎？」

女人輕輕搖晃我的身體，用溫暖的指尖摸過我的每一根肋骨。我沒有說「我成天都想著妳」或「之前曾想過去找妳」，而是轉過身面向女人，將舌頭探進女人口中。我舔舐女人整齊的齒列，闖入了更深處。接著，不斷撫弄舌尖所觸碰到的空缺，那原本是臼齒的所在處。

女人慌忙閉上了嘴巴，像是很難為情，一直用手摀住自己的嘴巴。我伸出手指想確認，女人乾脆別過了頭。她語無倫次地亂說一通，一下說是飯吃到一半掉的，一下又說好像是睡覺時不小心吞下的，甚至還抖動著肩膀笑了起來，似乎不想看到我一臉嚴肅的樣子。

我板起臉孔問她：「什麼時候掉的？」

也許女人的身體比我以為的更脆弱，才會飯吃一半就突然掉了顆牙。我兀自想像了一下上顎的臼齒突然掉落的畫面，女人將柔軟滾燙的舌尖送進我的嘴裡，不再讓我開口說話。這一次，換女人舔舐我的牙齒，滑進了更深處。

「我老了嘛，已經到了會掉牙、掉頭髮的年紀。」

女人的發音在口中變得含糊扭曲，我聞到一股牛奶的腥味。不，那搞不好只是我的錯覺，但那味道讓我感到很平靜。

什麼都沒改變，不，要說有什麼變化，就是確定無論怎麼樣都無法改變罷了。女人回來了，一切如舊，但我並未感到絕望或失望。女人不在時，我在廣場中央時的失落感宛如一場夢般消逝了。我將湧上喉頭的話吞了回去，只勉強吐出一句：

「我很想妳。」

女人將我的手帶到她胸前，我的心臟因此有了跳動，血液也開始流動，盤旋在腦中的擔憂與苦惱瞬間退到遠方。我彷彿消失了，只剩下走向女人的體溫。心跳聲沿著血管奔向身體的末梢，在耳際瘋狂敲打，彷彿即將衝向外頭。原來我活著啊。這種強烈的心情揪緊了我的全身。

女人將身體纏在我身上，摟住我的後頸，緩緩地拍撫我的背部。這一瞬間，其他的都不再重要，此時便已足夠。

「你說，你愛我嗎？」女人將嘴唇湊近我耳邊，悄聲問。

我什麼都沒回答，只靜靜摟著女人好一會兒。我閉上雙眼，將額頭貼在女人的頭上，再三確認著吐出溫熱氣息、體溫帶有生命力的女人。

*

在中心的協助下，我找到了能和女人一起住上一個月的螞蟻房。組長把先前在辦公室工作的報酬與往後繼續工作的分量一起結算。

「你不可以翹班，一定要遵守約定。」組長叮嚀了兩、三次。

「您絕對不可以喝酒，知道了嗎？」

這是對女人的囑咐。女人像做錯事的孩子般垂下頭，點了點頭。走出辦公室後，我們馬上就對組長的態度爆發不滿。

「又沒給多少，跩什麼？」

但我們很清楚，組長這番好意得來不易，風險也很高。在這裡，特權就等於歧視，而歧視很容易引發眾怒。這裡的人不知道要如何處理自己的憤怒，那經常會砍傷他人，甚至毀了自己。

螞蟻房和車站差一個站的距離，打開傾斜的鐵門進去後，會出現宛如洞窟般的通道，接著就會看到沿著通道緊密相連的許多房間。廁所和洗手臺位於通道最後方。房東說不能住兩個人，稍微提高了房租後才租給我們。我們也承諾要是引起任何騷動，一定會無條件離開。付了房租、走進房間後，女人沒有說話，只是抬起頭，呆呆地仰望天花板和日光燈。我說起很久之前曾在這個社區繞來繞去，尋找女人的蹤影。那是女人拿走我的行李箱時的事，感覺好像過了很久。

「當時你在想什麼？」女人的聲音在沒有任何可稱得上是家具的空房間裡響起。

「當時很生氣，一定是想著要找到妳吧。」

我的語氣好像在講別人的事，主要是想開開玩笑，但充滿整個房間的緊張感並沒有消散。我靠到女人身旁，牽起她的手，揉了揉她的腿，搔弄她的前臂，女人努力想擠出笑容，但很快又恢復僵硬的表情。

第一天，我們徹夜沒睡，睜眼直到天明。都是因為其他房間傳來的噪音。有人講了一整夜的話，聲音像是隔壁房間傳來的，也像是對面的房間。木造推門沒辦法完全關緊，門縫不時有冷風進進出出。

「好像是廣播，對吧？」過了很久，女人開口。仔細想想，偶爾也會聽到音樂聲。在黑暗中聽到的伽倻琴[4]聲或盤索里[5]，讓人不禁顫慄。

「再忍耐一下，等我存點錢，就去別的地方。」

雖然沒有自信，但我還是這麼說了。

「這裡只是暫時的，不管是什麼，都只是個過程，對不對？」

4 朝鮮半島的傳統樂器。

5 판소리，朝鮮傳統曲藝的一種。

我甚至將頭轉向女人，像在徵求她的同意。

「是啊。」女人只簡單回了一句。

我長久期盼著能有一個和女人並肩躺在一起的房間，但等到這一刻實際發生了，我卻感到透不過氣，恨不得立刻跑出去，躺在車前燈與噪音隨時來去的街上，在滿是灰塵、說話聲從不停歇的那個地方入睡。

「會怕嗎？」

「有一點。」

我們沒有摟住對方或撫觸彼此的身體，而是面向前方躺臥，承受著這個小房間。我靜靜眨著眼睛，瞪視眼前的一片漆黑。是因為很久沒躺在這種房間了才會這樣，每件事都會有適應期，也有分階段。我像在安撫自己般喃喃自語，但恐懼依然沒有消散，似乎有點被長久以來的夢想以這種駭人面貌實現而嚇到。想像和現實之間的間隔是模糊的，擅自描繪超出預想範圍的明日則令人懼怕。我用力咬住下唇，好像嚐到了血腥味。

我們很努力想建立起規律的生活，至少會計畫一、兩個小時後要做什麼，並且想辦法去實踐它。雖然一整天下來，做的也不過就是吃三餐、在廣場周圍散步，到了晚上就回房間睡覺，但要在街上維持規律生活並不容易。我很小心避免我們碰到任何突發情況，還有按照計畫運作的一天不會突然出界。對於無事可做的街友來說，時間走得很緩慢，意想不到的狀況輕易就能闖入時間裂縫之中。要是沒有因應方案，就只能束手無策地看著日常生活變得滿目瘡痍。

「妳不會再喝酒了吧？」

在我去辦公室工作前，我會把女人帶回房間，因為唯有看到女人躺在房間裡，我才會感到安心。儘管女人堅持說要在噴水池前等我，或耍賴說會乖乖坐在辦公室長椅上等我，我仍斷然地說不行。把女人丟在會隨便吆喝人一起喝酒的廣場上，太危險了。

「我不會喝，我會乖乖待著。」

「不是說好了嗎？一下班我就回去。」

每天晚上，我都為了說服女人而絞盡腦汁。到了晚上，噴水池附近會打開華麗的燈光，噴出的水柱帶著美麗的色澤，擄獲人們的目光。販賣零食或點心的攤販整天散發出香氣四溢、甜甜的油香味，沒有得到許可的他們經常和站務人員起口角，而真正取得許可的店鋪老闆，則忙著監督店裡的工程、下指示，一直待在車站裡。最後，店鋪老闆對攤販下了最後通牒，要是他們在開業後依然橫行霸道，就要訴諸法律。店鋪老闆的恐嚇響遍了廣場。

我們就像和這一切無關似的，漠不關心地離開廣場，又走了一個站的距離，走到小旅館鱗次櫛比的巷子後，還要往裡頭走好一段路才會抵達房間。整個社區寂靜無聲，不知道大家都坐在幽暗的小房間裡做什麼。女人不時會停下腳步，做一次深呼吸，這時我就會抬頭仰望矗立在不遠處的大樓或公寓的燈光，就好像有人會靠在那明亮的窗戶旁往下眺望這個地方。然而，對那人來說，這裡就是個漆黑的水窪，小心避開就行了，就算不小心踩到，腳也只要在乾燥的地面敲兩下就夠了。換言之，在那個地方的人始終看不到這裡。女人用手按著牆，花了好一陣子調整呼吸，才又跨出步伐。

將女人放進房內後，我獨自折返和女人一起走來的路，回到車站。我不禁想起房東遞給我們的潮濕棉被、籠罩房間的霉臭味、廁所散發的惡臭與卡在窗櫺縫隙的蟲屍，想起女人在這些東西的圍繞下苦等我回去。將女人關在那種惡劣的環境，自己卻跑出來的罪惡感頓時膨脹，我卻越來越不曉得該怎麼應付這瞬間將我吞噬的情緒。

我走著，胡亂揮動手臂，把樹枝、壁報、布條等物打落到地上。自從女人回來後，我便對女人以外的一切豎起尖刺，整個人變得很神經質。辦公室的物品依然每天被弄壞，到了晚上，那些藉酒壯膽跑來抗議的人令我煩躁不已，隨著日夜溫差變大，那些用盡一切手段想躲避嚴寒、睡在辦公室的人的耍賴行徑也讓我很不爽。

我用鐵槌敲敲打打，弄出鏘鏘鏘的巨大聲響，不然就是故意把書桌或輪椅用力放在地上。只能任由焦躁不安在我體內橫行霸道、令我不快，而和女人分隔兩地時，時間好像又卡在原地，連走都不肯走了。

*

夜裡，辦公室的警報聲大作，五顏六色的燈光不安地映照在辦公室的窗戶上，而我在洗衣間啟動洗衣機、晾衣物，對外頭的騷動不聞不問。只要完成這項工作，我就能回到女人所在的房間。我的人在辦公室，心卻一直奔向女人，做什麼都不順手，只是在等工作時間結束。王家從睡夢中醒來，招手要我過去。一打開門，救護員隨即將頭探進辦公室。

「可以幫忙一下嗎？」

由於大型噴水池和大型裝置的緣故，救護車無法進入廣場。救護員沉著地向我和王家解釋我們該做的事，接著指向廣場中央。今晚，其他人都去整修冬天即將啟用的臨時避難所了，所以不在地下道。王家像個啞巴似的傻傻站在那，看了就討厭。

在廣場上摔倒的是拐杖老婦，她的輪椅翻倒在地上，提袋和塑膠袋散落一地。有位站務人員走出來，注視著我和王家，一副要我們趕快把這些東西清一清的樣子。我彎下腰端詳老婦的臉，握住她的手，搖晃她的肩膀。酒臭味和街上的惡臭瞬間撲鼻而來。過了很久，老婦才眨了眨眼睛。

「發生什麼事了？」我提高了音量

她才終於開口：「我不走，我不離開。」

她的雙脣間滲出黏糊糊的鮮血，一開口咳嗽，軟軟的東西便跟著一團接一團湧了出來。救護員不知該拿拚命掙扎的老婦如何是好，無奈地看著在地上的她。

「您必須去醫院，一定要去才行。」

有個救護員朝大喊的我問：「有相關文件嗎？」

他解釋，送老婦去醫院前，必須有補助確認書和診療紀錄。我當然不可能知道這種事，有些慌了手腳。老婦扭動著被截斷的雙腿，一臉痛苦，我們別無他法，只能將老婦放在擔架上，再搬上救護車。上車前，我要王家去把組長叫來。

「要去叫組長喔，知道嗎？去把組長叫來！」

把像個傻子般只會點頭的王家留在原地後，救護車出發了。在明亮的車內，老婦的模樣看起來很詭譎。不，詭譎二字還不足以形容她。布滿皺紋的臉上有斑駁的鮮血和汗水，每次老婦移動時，纏在大腿尾端的線頭痕跡就會跟著蠕動，車內也瞬間被老婦身上散發的惡臭占據。

「會不會痛？」

「我不去、我不去，我說我不去。」

她重複著同樣的話。救護員一手到處按壓老婦的腹部，另一手則輕輕摀住了鼻子。

「是被誰打的？還是您跌倒了？」

救護員將手指放進老婦口中，替她檢查口腔後，也檢查了四肢的傷口。每當老婦大叫、咳嗽時，鮮血就會濺到四周。救護員將老婦的身體固定在床上，避免她動來動去，再將她的臉擦拭乾淨，替她戴上氧氣面罩。

「您喝太多酒了，年紀都這麼大了。」他一邊替老婦測血壓、確認脈搏、抽血，一邊與我對上眼神，說話的語氣就像在怪我為什麼放任她變成這副德性。

我思索著填滿整個廣場後仍剩餘的巨額時間，想嘗試解釋不知道如何將時間切割成塊、並加以使用的人手中握有的驚人時間。究竟該怎麼用掉那一丟再丟仍不見底的時間？你有把握能一直以清醒的狀態注視著不見盡頭的時間嗎？但我終究無法開口質問。救護車在道路上成排的紅色尾燈之間四處穿梭，加快了速度。

車子一停好，救護員和我隨即將老婦推往急診室。原先不斷扭動掙扎的老婦變得很安靜，像是睡著了，也像昏了過去。走廊擠滿進不了急診室的病床，守在床邊的人都一臉驚恐，表達自己的忿忿不平。救護員抓著路過的護士和醫生，努力想說明情況，得到的回答就只有要他去掛號處。我站在掛號處前支支吾吾、猶豫不決，最後被後頭湧上的人潮搶先了。

「您要有相關文件才行。」

「文件馬上就能拿來。」

「您必須現在就帶來。」

掛號處的員工和我像鸚鵡一樣，對彼此說著相同的話。帶錢來，沒錢的話，就證明有人可以替老婦出錢。醫院的要求非常精簡確實。老婦的脈搏往下掉了，救護員將床擱在走廊盡頭，急得直跺腳，不斷求情不能再這樣等下去。

老婦能去的醫院有限，我們將車子掉頭，前往下一間醫院。無線電響個不停，老婦的體溫下降了，在不斷搖晃的車裡，我能做的就只有握住老婦的手，摩娑那宛如布袋般粗糙的手時，我不禁想起了女人，她身體這麼不健康，隨時都可能會有病痛，也可能會被拒絕治療。我可以感覺到老婦蜷曲的指尖逐漸失去了溫度。

「再這樣下去會不會有危險？」我邊按摩老婦冰涼的手邊問。

「人哪有這麼容易就掛掉？」救護員發出如漏風般的輕笑。

「但還是可能會有危險吧？畢竟年紀都這麼大了。」

老婦不斷發出呻吟，依然沒有睜開眼睛。儘管聽到救護員說明，雖然現在老婦處於神志不清狀態，但如果時間拖久了，就可能演變成昏迷，我仍不斷地按摩老婦的手。到了第三間醫院，我們打定主意，要一鼓作氣將老婦的床推進急診室。趁護士或員工尚未察覺前，盡快將床推進急診室，然後閃人。

見我沒有信心，救護員問道：「不然你說，還有其他醫院嗎？」

＊

女人經常不在家，三不五時就跑到車站附近遊蕩，我們也因此不斷爭吵。結束工作，回到房間的路上，我的焦慮達到了極點。預感總是領先我一步，奔進房間所在的建築物。一打開房門，面對女人不見人影的空房不是件容易的事，我站在原地調整呼吸，避免如脫韁野馬般的情緒導致我做出什麼事來。

「妹妹，妳知道阿姨什麼時候出去的嗎？」

我敲了隔壁房間的門，一個小女生將一隻眼睛靠在窗紙的洞口上說：「我不叫妹妹，我叫素拉，阿姨剛剛出去了，播《深夜音樂漫步》的時候。」

素拉雙手抓著門環，發出高亢有朝氣的聲音，而廣播如背景音般流瀉而出。我從來不曾見過孩子到外頭，扣除深夜有人開門、進門，一大清早又外出之外，孩子等於是被囚禁在房間內，她把成日兀自發出噪音的廣播當成自己的朋友，獨自承受那個瀰漫悶臭味的黑暗房間。

「那是什麼時候？」

「嗯，《深夜音樂漫步》是八點開始，十點結束。阿姨叫我不要跟你說，不可以說是我講的喔，說好了喔。」

女人出去的時間越來越早了，就連年紀那麼小的孩子都察覺其中有什麼不對勁。連那麼丁點大的孩子都能做到的事，為什麼女人就做不到？等我等累了，睡覺不就得了，為什麼要搞得這麼複雜？我每天晚上要打掃骯髒的廁所、整理倉庫、面對那些難搞的人，忙得都快累死了，在這個安靜的房間待幾個小時有這麼難嗎？我無力地癱坐在原地。

「可是啊，叔叔。」素拉將小小的嘴脣靠在門上悄聲說。「阿姨她啊，剛剛哭了，好像有點難過。」

我對這個向我搭話的孩子產生感激之情。

「真的嗎？」

「我聽到房間裡傳出了哭聲，後來阿姨又坐在那裡哭，就是叔叔你現在坐的位置。」

「這樣啊。」我如此回答，但不禁想，那又怎樣？然後喃喃自語：「不會感到悲傷才奇怪。」

老是待在房間裡的這孩子應該也差不多吧，但我總不能整天只顧著女人吧。我突然萌生想對這孩子大吐苦水的念頭。

「整天待在房裡，會不會很悶？」

我將手指放進窗紙的洞口晃了兩下。孩子受到驚嚇，忍不住往後退，然後笑了出來，最後跌坐在地上。

「可是我還是必須待在房間裡。」

「為什麼？不能出來一下下嗎？」

「嗯，但反正也沒地方可以去。」

起初發現女人不在房裡時，我把所有房門都敲了一遍，一口氣跑了一站的距離到廣場，不顧全身大汗淋漓，把整個廣場都翻遍了。我不禁心想，搞不好女人是想用這種方式鍛鍊我。女人完全不打算改變或調整自己的行為，只希望我能習慣她的作風，用這種方式豢養我。

走出房間後，我又原路折返，走得不急不慢，反正女人肯定在廣場上探頭探腦的討酒喝，和陌生人面對面坐著喝酒，肆無忌憚地對任何人露出笑容，醉到連身體都支撐不住，直接癱倒在地上。過去經常怒氣衝天，不管是誰都能立即殺了他的我，如今以穩定的步伐走著，猶如氣球般膨脹的憤怒，如今已像小石子般堅硬結實。

女人果然和一群人在車站後門附近喝酒。我懶得和其他人大小聲、起爭執，只是默默把女人扶起來，雙手分別插入女人的腋下，讓她挺直站好。

「嗯，我們家小狗狗來了呢。」心情好的時候，女人會這樣說。

「拜託，現在就別管我了吧。」

有時女人也會表現得很不耐煩，在大家面前給我難看，但今天她倒是很溫順地站了起來。有個初次見到的男人踉踉蹌蹌地起身，遞了酒杯過來，他的手白皙乾淨。我一口氣喝光了酒，然後對他說話，剛開始我的口氣很生硬，像在警告他，現在卻幾乎是哀求了。

「請不要再給她酒了，她生病了。」

我認為是他們不肯放過女人。這些人、這座廣場，將女人牢牢捆住，不肯鬆手。

女人噗哧笑了出來。「怎麼？你擔心我會死啊？」

我揹她回來時，她仍固執地逼問：「你說嘛，是擔心我會死掉嗎？」

風很清冷，原本枝葉茂盛的懸鈴木在一天之內就變得乾枯嶙峋，新開張的店面讓廣場有了不同氛圍，那些隨處可見的攤販也慢慢退到了廣場外。平時毫無顧忌地呈大字型睡覺的人們，此時都將身體轉向某一側，摟著自己的體溫。也有些人已經找到了厚毯子或棉被。大家都知道該擔心什麼，又該準備什麼，不知道這件事的就只有我一人。被現實這面高牆包圍著，令我感到窒息。

「妳也知道我是在擔心妳，別再喝酒了。」

「你很後悔遇見我吧？」

「我從沒這樣說。」

「也是啦，你怎麼可能不後悔？你一定想，我為什麼會遇到這種又病又老的女人吧？一定覺得自己倒楣透頂吧？」

「別這樣。」

「反正你也一樣，最後都會離開我吧？所以才那麼認真工作，你以為我不知道嗎？」

我突然覺得自己每天去辦公室工作、存錢、想保住房間，都成了白費工夫。這些是不是能帶領我和女人離開這裡，到別的地方去？那些小心翼翼累積起來的期待和希望，全因為女人的一句話而無力地垮了。

那妳希望我怎麼做？

我沒有那樣問，而是站在原地，讓背上的女人更貼近自己。除了圓鼓鼓的肚子，我感覺不到其他重量，就好像有一顆巨大的球，上頭貼著乾巴巴的四肢。

每當經過超商，女人都會嘟囔著：「買一瓶燒酒回去吧，喝完我就睡覺。」

女人使勁摟住我的脖子，身體不停晃動，我仍不為所動，就這樣走過好幾間超商的門口。如今只要酒一沾口，女人就無法自行停下來。頭一兩天，她會帶著醉醺醺的好心情入睡，後來卻抗拒酒精以外的任何東西。晚上，她會抱著自己的肚子痛苦哀號，但等到天一亮，又會為了遺忘痛苦而再次喝酒。

「你說，你是害怕我會死嗎？」

當女人這樣問我時，如今我想說的，也許是有別於過去的答案。我讓女人躺在潮濕的棉被上，走出房間，在路上來回踱步。遠處的車站招牌若隱若現，我背對著一排陡峭相連的房子，愣愣地眺望廣場的方向。

＊

空屋一間間增加了，人群如潮水退去的住宅區，連白天都顯得冷清僻靜。走出小旅館和螞蟻房密集相連的街道後，整個社區宛如死城般靜謐。為了撿拾一些可用的東西，我沿著蜿蜒雜亂的巷弄四處閒逛，翻找被丟棄的生活用品，我想著，如果稍微布置一下房間，好比說掛個時鐘、擺張桌子、放張椅子，也就是說，讓房間有個大致的樣子出來，女人是不是就會對它產生感情？她是不是就會回到房間，而不會想去街上？是不是會覺得待在房間比較舒適，以後我們還能離開那個房間，搬到更好的地方去住？

我把一個小收納櫃靠在有發霉痕跡的牆邊，在房間中央鋪了一張床墊，掛上月曆，放了一個舊式暖氣機，還有一個可以裝雜物的塑膠桶和花盆。女人把隔壁房間的門打開一半，和素拉並肩坐著，呆呆盯著地上的一個定點，似乎在納悶做這些有什麼用。

「可是叔叔，你知道嗎？」素拉開口。

我把門拆下來，專心的整理帶回來的東西。我打開窗戶，將死蟲子或灰塵推到外頭，拆下搖搖欲墜的壁紙，鋪上報紙。房間似乎稍微明亮了一些，但馬上又覺得還是老樣子。

見我沒有回答，孩子跑到房門前，發出如銀鈴般清朗的聲音。

「我爸爸說啊，這裡的人全部都要搬走。」

「是嗎？」

我只簡單應了一句，同時想起房東說過，不知道什麼時候要搬走，叫我們要隨時準備好。以現在手頭上的錢，可以找到這類隨時都會被趕走的房間。不，就是因為不知道什麼時候會被趕走，才能有這種房間住。

「行李變多了，要搬家不就很麻煩嗎？」

「是啊，丟了再走囉。」

我沒好氣地回答，想趕走在眼前晃來晃去的孩子。我忙著把門擺回原位時，素拉在走道上來回走動，不時在房間前探頭探腦。因為老舊的木門和門框老是對不上，導致我在與門搏鬥時十分煩躁。孩子一直觀察著我的眼色，過了很久才在我把木門嵌進門框時說：

「叔叔，那可不可以把那個花盆留給我，還有那張椅子？」

我深吸一口氣，一屁股坐在門檻上。「妳打算搬家時一起帶走？」

「不是，反正我們可能搬不了家，聽說可能要一直住在這裡。」素拉聳了一下肩。「叔叔搬家時，請把那些都給我。」

我不發一語地點了點頭，心中突然對孩子興起惻隱之心。我問：「如何，房間有沒有感覺好一點了？」試圖想轉換一下氣氛。

女人充滿睡意的聲音傳了過來。「妹妹，妳全部都拿走，沒關係。」

女人將頭斜靠在門上，一臉醉意的眨著眼。雖然看起來舒適自在，但我知道女人一直都在忍痛。

我問雙手摀住肚子、緊咬下唇的女人：「要不要我去中心拿點藥回來？」能拿到的也只有止痛藥了，明知那種廉價止痛藥沒有效，但我還是這麼一問。

「阿姨生病了嗎？」素拉開口關切。

女人回答：「嗯，幫我買點酒回來，什麼都好，我真的快痛死了。」

到了晚上，我依然沒有去辦公室。就算沒有我在，辦公室也有很多人可以工作，但能照顧女人的就只有我一個。我雖然試著用這番說詞安撫自己，不安卻沒有消退。我先是看著女人側身躺著的背影感到於心不忍，接著不由得怒火中燒、煩躁不已，最後陷入悲觀絕望。我在這裡做什麼？那個女人又有什麼意義？我坐在房間的一角，內心拚了命的逃亡，然後又默默地走回來，如此反反覆覆。

扣除早上和晚上各外出一次去領免費餐點，我哪裡都沒去。就連離開房間一個小時，也會戰戰兢兢地想著女人會不會怎麼了，而預感都不會出錯，回來後，我會發現女人不在房間，於是又跑到外頭，把正往廣場走的女人抓回來，或與那些和女人喝酒的人大打出手。

某一天，組長叫我坐在辦公室的某個角落，問我：「你為什麼不來辦公室？」他的嗓音帶有怒氣。

我閉口不語，不想拿女人當藉口。組長拉了把椅子過來，坐在我旁邊。

「你知道我給了你多大的機會嗎？你卻搞砸了。」

我一直拖延時間，沒有正面回答，只是一直央求組長給我止痛藥或借我錢。女人不停敲辦公室的門，探頭進來，想要我讓她去廣場。組長叫王家去把女人顧好，接著把門完全鎖上。

「我不能再給你好處了，你也知道，這裡需要幫忙的人多到滿出來。」他果斷地說，假如我明天再不去辦公室，就會把這份工作給別人。「你懂我的意思嗎？」

我無法給出組長想要的答案。組長直勾勾地盯著我，「嗒」一聲將手放在堆在書桌一角的文件上。

「你知道這是什麼嗎？」

他開始說起中心預算被砍、市政府預算減少的問題，解釋了一大串，甚至翻找文件，讀具體內容給我聽。在就連今晚的事都無法預測的我面前，他卻在擔心年末或明年的事。那到底與我何干？我全身上下的神經都放在門外的女人身上，腦袋全是揹著女人回家，看她躺在房裡痛苦一整晚的畫面。我覺得自己快無法呼吸了。

「像你這種年輕人就該自立自強，如今不管是中心或我都束手無策了。你懂我的意思嗎？知不知道你丟掉了多重要的機會？」

組長質問我，而我只是盯著地上的汙漬或文件堆的稜角。他們不知道我想要什麼，打從一開始就漠不關心。他們只想給他們想給的，一心只想把我趕走。沒什麼好抱歉，更無須感到感激涕零，他們不過是做了份內之事，而我也只是做我該做的罷了。

「你打算怎麼做？我在問你話啊！」

我反問：「那她呢？」

窗外的太陽逐漸西沉，我開始焦躁。到了半夜，女人就會咳得好像快斷氣，甚至吐出血來。有時還會抱著肚子，全身縮成一團，在自己毫無知覺的情況下拉肚子。當我想靠近時，女人就會一臉痛苦地放聲尖叫。面對女人混雜自責、羞恥和愧疚的臉，我很迷惘。組長不知道，我每天看著女人的四肢腫得像水桶一樣，又是如何忍受這一切。他有條不紊地說明將女人送到療養院治療酒精中毒的方法，明知這些都不是我想要的，他的態度卻始終不改。

「你沒有必要負責，沒有人會為此指責你，難道你是擔心這個嗎？」

我的臉頰瞬間發燙，怒氣也隨之上來，心中突然浮現一種很肯定的想法——這人果然怎樣都不會認同我和女人的關係啊。你們做的什麼都不是，那只是同情，是憐憫，是單純的慾望或一陣吹過的風。他用自己的方式判斷我們的關係，卻不曾懷疑自己，也不打算改變想法。

「你不也知道，在一起越久，彼此只會越痛苦。你不懂嗎？是真的不懂嗎？」

「不懂、我不懂！」我將拳頭擱在書桌一角，拉高嗓門，攥緊了拳頭，直到指甲用力扎進掌心。「她病得那麼重，難道要丟下她不管嗎？」

我甚至還狠狠地搥了一下書桌。組長弓著身子盯著我，身體整個埋進椅子中。

「是啊，當然要這樣做，必要時就是這樣做的。那就是我的工作，告訴這裡的人應該拋棄什麼，就是我的工作。」組長調整了一下呼吸，和我四目相交。

「要是放著她不管，最後人死了，你能負責嗎？能嗎？把生病的人丟著不管，這就是愛嗎？是嗎？」

我將門關得很大聲，走出辦公室，扶起坐在走廊上的女人，她拖著踉蹌的腳步跟我走出中心，接著我拜託王家借我一點錢。到最後，我開始向往來辦公室的人哀求，伸手向他們討錢。沒有人掏出一張鈔票。我朝只會愣愣站在那裡看好戲的王家拳打腳踢，直到他倒在地上，就去翻他的口袋，但我的手抓到的只有線頭和一團衛生紙。

*

女人的嘴脣上長出了一層白皮，親吻時有種粗粗刺刺的感覺。跌倒撞到的傷口過很久都不消，疤痕也會留很久。每天晚上我都會按壓、觸摸女人身上的每一處。女人骨瘦如柴的身體不再滾燙，我們魚水交歡的次數也變少了。

「真的很對不起，但我做不下去了。」

有一次在辦事途中，女人轉頭嘔吐完這麼告訴我。不管怎麼變換姿勢，都沒有以前那種感覺。現在，我只能轉過身躺著，努力想辦法一個人解決性慾。在此同時，女人則無聲無息地轉向另一側躺著。明知女人醒著，我仍無法停下動作，在一片寂靜之中，屏著氣息注視著興奮後快速冷卻的身體。動作結束後，我默默摟住背對我的女人，想藉此確認有人待在我身旁，哪怕是這樣也好。

「沒事吧？」我甚至想搖醒已經睡著的女人。

「對不起，我不該待在這裡，不該抓著你不放，是我太自私了吧？」

疼痛感減弱時，女人會冷靜的告訴我，隨時都可以離開她。是啊，也許我是應該離開女人。老實說，搞不好那是唯一的辦法了。我如此想著，卻仍不免失落。

「妳不愛我嗎？」

如今會這樣問的人不再是女人，而是我。女人時而靜靜輕撫我的手臂，時而將手指插進髮際，將髮絲弄散。在那一刻，我彷彿成了女人的唯一，女人也成了我的唯一。換成是別人，誰又能傳遞這麼溫暖的話，與我分享體溫呢？即便是因為身處貧困，才無法妄想其他人，才造就兩人成為彼此的唯一，又有誰能說這不是愛？我默默摟著女人冒出青筋的身體。

幾天後，我們決定去見女人的家人，為的是申請補助。想成為補助對象，就必須證明沒有家庭所得或與家人的所得無關。我直接跳過地鐵閘口，女人則幾乎是從閘口底下爬進來的。大家不時斜眼偷瞄我們，就算身旁有空位，也沒人過來坐在我們旁邊。在人潮擁擠的地鐵中，我們卻顯得孤零零的。女人怔怔地凝視自己映照在對面窗戶的影子，失去了言語。無法得知去見家人的女人此時在想什麼的我，也同樣沉默。

女人的鞋子依然令我放心不下，雖然我在中心的衣物間跑進跑出了三天，但撈到的也只有一雙尺碼不符、貌似橡膠鞋的運動鞋。因此，女人必須拖著大一號的運動鞋去見家人。明知不可能會有皮鞋之類的進來，我仍後悔自己沒有再多去翻幾次，至少也該試著問問中心職員或房東。

但另一方面，我又忍不住想，做這些有什麼用？女人身上穿著退流行的外套和鬆緊帶褲子，要是再踩一雙高跟鞋，恐怕沒有比這身裝扮更滑稽的了。就算勉強搭配衣服讓女人穿，她那宛如黑炭的臉色和鼓得像顆球的肚子終究還是會被注意到。女人猶如身上破了一個洞似的，不停流瀉出街上的痕跡。而我，大概也相去不遠。

我不敵心中的不安，開口：「在想什麼？」

「什麼都沒想。」女人像是陷入了沉思，含糊回答。

女人會見到丈夫，讓他在文件上簽名，從家裡拿到戶籍影本。接著，她會和我原路返回，一起回到廣場。我難以揣測女人闊別數年見到丈夫、孩子們的心情，但我心想，說不定女人不會和我一起回廣場。要是女人說要留在那裡，我又該說些什麼？我應該要她和我一起回廣場嗎？我可以說這種話嗎？腦中不斷浮現自己無力轉身的模樣。

「妳不想和家人一起住嗎？」

脫離鬧區的範圍後，地鐵內變得很冷清。

女人呆呆地看著上下車的人潮，喃喃自語：「不想，沒想過。」

女人說起兩個讀中學的孩子。說到生第一胎時、懷老二時，女人板起了臉。我試著想像婚後生子、組成美滿家庭的女人模樣，想像現在的我絕對無法得知的時光。那時的女人過得比現在幸福，樣子也比現在美麗。我又想像了一下女人健康豐腴的身材。明亮的肌膚、豐滿的胸脯、由柔和彎曲的弧線描出的笑容。女人談到自己的丈夫。

「他是個好人。」

女人說得很冷靜，像是把所有過錯都攬在自己身上。我無法盡信女人的說法——什麼問題都沒有，是她喝酒、引起家庭失和，最後離家出走了。從女人的話裡，我僅能隱約察覺女人對家人的愧疚與自責。窗外的風景始終是遼闊的田野，我努力想站在女人丈夫的角度，揣想他見到過了好幾年才回家的太太時的心情。如今只要再過一個多小時，女人就會回到家人住的社區，見到丈夫，和孩子們重逢。我不禁思考，假如我是女人的丈夫，是否能再次接納妻子？會希望這件事發生嗎？我很害怕女人會再次成為那個家的成員，從這個角度來看，也許我希望女人被家人徹底拋棄。

我們使用和搭車時類似的方法離開閘口，走出車站。一陣噙著水氣的風吹來，空氣中有股鹹鹹的腥味。我們經過幾個賣辣炒年糕和炸物的小吃攤帳篷，路過簡陋的室內棒球場，一直走到聽不見球棒「鏘」、「鏘」的打擊聲為止。走在前頭的女人突然停下腳步，環顧四周，抬頭看高樓或交通號誌，像在摸索方向。我大聲唸出標誌上的字、招牌或店名。

「變了好多，當時不是這樣的。」

女人不知道該往哪邊走，駐足原地喃喃自語。本以為她很快就會找回方向感，卻老是沒走幾步就停下。我只能呆站著，看著斑馬線的交通號誌改變，以及匆忙過街的人群。我喃喃自語：「天黑了，要是女人沒見到家人，直接打道回府好像也不錯。」

*

我在車輛停成一列的大樓社區徘徊時，女人去見了丈夫。女人的丈夫身穿白襯衫，褲子燙得平整。站在丈夫身旁的女人衣衫襤褸，顯得很寒酸，無法想像她會是這男人的妻子。女人翻了翻外套的大口袋，將摺得很整齊的紙張拿到丈夫面前。丈夫打開紙張，他的臉沒有被光照到，表情看不太清楚。他們就這樣站了一會，似乎在詢問孩子們的近況，又好像現在才爆發對彼此的埋怨，我只是很焦躁地注視著兩人長長的影子。

幾天前開始，我就一直在想像這個畫面。路燈以一定間隔設立的散步小徑，滿是高級車輛的停車場，抬頭時會看到從陽臺大窗戶撒下的明亮燈光。有人在晾衣物，有人在看電視，還有人手上拿著菸吞雲吐霧，為一天畫下句點。躲在暗處的我只擔憂著，要是女人走進去了，我該怎麼辦？她會不會把我丟在又冷又暗的街上，自己卻走向一整天都很溫暖、明亮的燈光之中？

但這一切都只是我的想像。太陽慢慢下山了，女人卻找不到那個社區，不停地打轉。扣除走進洞事務所[6]和銀行喝水，我們一整天都以空腹狀態在陌生的城市裡徬徨。女人的步伐很緩慢，有時還會用手扶牆，大口喘氣。據說從車站只要徒步十分鐘的社區，遲遲不見蹤影。

「確定是這裡嗎？」

要是我開口詢問，女人就會想到一些規模較大的店家名稱或地名。

「社區入口有一間很大的加油站。」

她側著頭，不太有自信。

「這裡，站在這裡會看到山。」

「這不是剛才來過了嗎？」

我仔細地替女人說明我們剛才來的方向，女人則一臉不知道哪裡出錯的表情環顧四周。我走進附近的房仲公司，詢問我們目前所在的位置以及要尋找的社區。辦公室位於乾淨的商家建築內，玻璃牆上貼著房屋買賣、全稅的價格。書桌前的男人聽完我的話後，端詳了一下地圖，接著走到外頭，一副會馬上幫我們找到那個社區的樣子。他對女人和我的打扮產生興趣，表情出現微妙的扭曲。不過，他仍像是發現什麼看好戲的機會般，始終沒有移開視線。

「不過，你們為什麼要找那個社區？」男人咬著嘴角問道。

我一時感到很驚慌，轉頭看著站得遠遠的女人。女人已經朝另一邊走去，腳上的運動鞋拖著地面，發出唧唧的聲音。男人不懷好意的眼神鍥而不捨地緊追在後。

「這個嘛，我在想會不會是在那一邊啦。」

---

6 동，韓國的行政區域名稱，類似臺灣的「里」。在每個洞會設立「洞事務所」。

我丟下喃喃自語的男人，跑向女人。我們走太遠了，現在就連車站在哪個方向都搞不清楚。我在路上隨便抓了個人，詢問我們要尋找的社區。但就在我打算開口搭話時，大家就會快速經過我面前，或直接繞遠路走。經過商店密集區後，出現了整排的大樓社區，高大寬敞的正門像是在互別苗頭。衝出高樓大廈的晚霞光芒不停搖曳移動。我覺得頭好暈。

我們站在馬路中央，不知何去何從。

「怎麼辦？」女人自言自語。

原本她一心掛念著要和丈夫見面、和孩子們重逢，將文件拿給丈夫簽名，現在卻像是不敢相信自己連這件事都做不到，露出虛脫的笑容。若成為補助對象，每個月就能領到固定的金額，也可以在任何一家醫院接受免費治療。拿著補助去找一個小房間，簡單建構起生活的期待，不消幾天就化為了烏有。

我揹著女人走回原路，甚至在能看到地鐵站的地方試著走往其他方向。女人整張臉埋在我的肩上，平穩地呼吸著。流了一整天的汗，我身上的味道應該不太好聞，但女人依然一動也不動。女人口中吐出的溫熱氣息搔弄我的後頸，肩頭也變得濕濕的，我仍不動聲色，只默默希望雙腳可以陷入地底，整個人被滅頂，想像著就此不留痕跡地消失。倘若這個世界有分內與外，那麼此時的我正岌岌可危地走在分界上。無法走到裡頭，也無法跳到外面，只能不停在邊緣繞啊繞。不管用什麼方式都好，我只希望這一切能夠結束。我彷彿已經活了千年、萬年，也看盡了無數的期待與絕望，帶著飄忽淡定的心境，往前跨出一步又一步。

「你還好嗎？」女人問。
我站在原地，將女人的身體往上提，接著才說：「嗯，還好。」
過了很久，才有一個貨運司機告訴我們社區在哪裡。他搔著頭想了很久，最後才用食指指著自己站的位置。他背對車前燈站著，影子被推到了我站的這邊。
「好像是在這裡啊，這裡的某個地方。」
這裡是個有四線車道，兩側都被施工圍牆圍起來的地方。
「這裡的某個地方。」我照司機說的話重複一遍，在原地繞了一圈。背上的女人沒有說話。司機打開貨車廂、整理紙箱、接起電話，然後用力關上門，回到駕駛座。我在卡車離開前又問了一次。坐在駕駛座上的司機專注地看著我和女人，為了躲避車頭燈的燈光，我反射性地往旁邊閃了幾步。
「在這裡沒錯，那個社區之前就在這附近。」
他似乎是想要確認般刻意說得很清楚，接著就開走了。直到卡車的尾燈完全離開馬路為止，女人和我都沒有說話。
過了很久，我才開口：「要不要再找找看？」
女人用臉頰蹭了蹭我的後頸。「算了，走吧。」
雖然不知道要往哪去，我還是繼續往前走，走著走著總會看到車站吧。只要在車站搭地鐵，就能回到原來的地方了吧。我只是茫然地想著，但如果回不去的話又怎麼辦？想到不管在哪裡都一樣陰暗寒冷，就覺得渾身發冷。

女人摟著我的肩膀嘟囔：「會冷嗎？」

「不會，不冷。」

我站在原地調整揹女人的姿勢，接著繼續走。也許我真正想說的是「什麼都無所謂，只要有妳就夠了」，如今我卻無法確定那是不是我的真心話。我不想大言不慚地輕言一切終將消逝，但在那一刻，我終究還是說出來了，說出了已經說得太多，如今早已磨損、褪色的話語。我喃喃說著那些再也無法引起什麼興致的話，無論是對女人，或是對我。

＊

在女人沒有見到家人、一無所獲地回來後，隔天房東來敲門。一打開門，冷颼颼的空氣就急著衝進來，手臂隨即起了雞皮疙瘩。

「現在方便說話嗎？」

素拉家的房間聚集了四、五個人，我第一次在那裡見到素拉的父親。他留了一大把濃密的鬍鬚，雖然矮矮胖胖的，但體格很結實。我拜託素拉幫我照顧一下女人。孩子走出房間，外頭傳來了拉開木門又關上的聲音。

一個老人滿臉不爽的握了握拳，說：「好，大家都到齊了，就說一下要怎麼做吧。」

房東說起掛得到處都是的布條，也說了隔壁社區正在拆除與下面社區的狀況。那正是我上一季工作的地方。房東太太一直避重就輕，顧左右而言他。

「所以是要怎麼樣？要我們怎麼做？」素拉的父親拉高了嗓門。

房東聳聳肩。「這是國家說的，我有什麼辦法？不然是要我怎麼辦？」

「好歹也讓我們過完冬天吧？好，暖氣就算了，但好歹要幫我們解決水電問題吧？」

素拉的父親退讓了一步。總歸還是要說服房東啊，他甚至看向其他人，像在求援。他用指尖摸了摸房間地板上的塗鴉，沿著很明顯是素拉畫的星星或愛心圖案描繪線條。這個房間散發出好聞的味道，就像緊緊摟著孩子時會聞到的那種味道，雖然稚嫩但會茁壯成長的樹葉氣息。

「您也知道，我還有孩子，整個冬天都在跟感冒對抗啊！」

明知這些話絕對無法打動房東，他仍繼續說著，直到房東打斷他。

「哎，我也有我的苦衷。這也算是建築物耶，知道我這二十年來吃了多少苦嗎？稅高得嚇死人，但整天只會聽到有人喊什麼東西壞了，什麼又打破了。」房東像是怒氣衝腦，啪地一聲推開門說：「反正交出建築物後，這事就跟我無關了。看你是要裝暖氣還是要拉電來用，都隨你便。我現在不管了，都不管了。」

房東太太兩手一攤，舉到我們面前。「大家都只想到自己，我也過得很辛苦，我也不知道該怎麼辦啊。你們能體會用很離譜的價格交出房子的心情嗎？」

「那可以繼續住嗎？可以不用搬出去嗎？」從頭到尾都低著頭的老人開口問。

房東隨即回嘴：「隨您便，現在我和這棟建築物毫無關係了，什麼都不是了，您聽懂了嗎？」

「那至少要讓我們過得下去吧？沒有水電，我們要怎麼過活？」

房東不理睬素拉父親的質問，頭也不回地走出房間。有人喃喃自語，至少沒有馬上就被趕出去，也該慶幸了吧？我回房檢查女人的狀態，女人像是睡著了，也像是試圖哄痛苦入睡。為了適應凝聚在房內的氣味，我先大大吐了一口氣，再大口吸氣。大塑膠桶內持續滲出惡臭，那是不方便去廁所的女人嘔吐與大小便的地方。每次走進房間，都很難忍住那種噁心感。

坐在床墊上咚咚敲著自己屁股的素拉說：「我全都告訴阿姨了。」

「說什麼？」

「大人說的話啊，我爸爸每天說的事，要搬家的事！」

「這樣啊。」

「可是，阿姨好像不在意耶，只會這樣做。」

素拉輕輕點頭，模仿女人的樣子。我靠坐在床墊邊緣，握住女人的腳掌。房子要垮不垮，反正都和我們無關，要是沒有下個月的房租，也只能離開這裡，反正再重返街頭就行了。但我不喜歡自己為有地方可去而安心，因為只要如此假定，要守住現在就會變得很困難。我暗自告訴自己，不能去想街上的事。

這裡就是盡頭了，沒有前路了。

有時，我會像唸咒語般喃喃自語。我們還能撐多久呢？我如此想著，然後又想起了街頭。女人挪了挪腳，似乎覺得很癢。

「可是叔叔，搬家後，你會給我這張椅子嗎？還有這個花盆？」

孩子在房裡走來走去，嘰嘰喳喳個不停。女人暫時起身，將止痛藥咀嚼後吞下。雖然從車站裝來的水還有剩，但這是女人的固執，她乾澀的嘴裡傳來咬碎白色藥丸的聲音。我曾經像個傻子般以為在這種房間會存有希望，任意對尚未到來的一切懷抱期待。此時，房間把女人蜷縮的背影和身上的惡臭放在我面前，問我：「看好了，這不就是希望的真實面貌嗎？」

女人哀求我給她酒。

「拜託，算我求你了。」

她先是用有氣無力的聲音求我，後來則衝著我咒罵，流下了眼淚，淚痕如生癬般黏在女人的眼角上。我按住試圖爬起來的女人，讓她躺下，像安撫孩子般輕拍她，好不容易才忍住和女人一樣大吼大叫、痛哭失聲與破口大罵的衝動。

外頭傳來震天巨響。每次聽到砰、砰的聲音，女人就會像受到驚嚇般抖動一下身體。素拉沒有回自己的房間，而是待在女人身旁，不斷替她擦拭眼淚，輕撫她的臉頰。她似乎天真爛漫地在玩扮家家酒的遊戲，把食指放在嘴脣上，用警告的眼神看著我，接著用雙手緊緊摀住女人的耳朵。女人沒有說話，任由孩子做她想做的，彷彿早已放棄一切。

我安撫了一下女人，走到外頭，大家都抬著頭聚集在巷子的一角。砰、砰——煙火在天空綻放。在漆黑的空中有巨大的煙火往四方噴濺，彷彿伸手就能抓到。素拉忍不住發出讚嘆，抓著我的腰間，踮起腳尖在原地跳上跳下。我抱起素拉，讓她騎坐在我的脖子上。

「哇，好漂亮！真的好漂亮！」

漆黑的天空灑下美麗的煙火，音樂聲翻湧流淌，透過麥克風傳出的說話聲越發清晰。大家都把雙手插進口袋，目不轉睛地注視空中，同時豎起耳朵仔細傾聽。恭喜、財政費、完工等字眼宛如伸手就能觸及般清晰，接著又逐漸遠去。

「要不要叫阿姨一起來？」

素拉原本輕輕抓著我的頭髮，此時摸了摸我的眼角。就連這麼小的孩子都察覺了我的心情。我不禁羞愧莫名。

大家互推彼此，想要走到更前面。煙火連續射向空中，素拉小小的身軀興奮地上下抖動。砰、砰——每當煙火在空中炸開，大家所在的這個社區就會倏地變亮，接著又暗淡下來。我凝視著大家發亮又熄滅的背影。

*

看著女人忍受痛苦很教人煎熬，如今女人已經連一丁點疼痛都克服不了。夜裡，女人會扭動身體，不停顫抖，或者扭動頭部，喃喃說著不明的話語。她還會朝虛空咒罵，手腳不斷掙扎。我能做的就只有緊緊抓住女人胡亂動來動去的身體，再不然就是退到遠處，靜靜等待痙攣的症狀停止。同時，我後悔自己為什麼沒有早點遇見女人，又責怪這麼想的自己。

某天晚上，素拉的父親叫我過去，要我注意一點。他說，女人的呻吟聲害他睡不著覺。

「到底是生了什麼病？」他滔滔不絕地說自己凌晨就要起床去上工的處境。

我努了努嘴巴，最後搖搖頭。「如果有止痛藥，就請給我一點吧。」

「她是你的家人？」他問。

「不是。」

「那你們是什麼關係？」

在只隔一層薄牆的我們房內發生什麼事，他肯定都聽得一清二楚，但他依然裝蒜。我一時找不到說法回他，有些慌張，感覺好丟臉。儘管沒必要，仍像遭人取笑似的漲紅了臉。

「你就別白費力氣了，把她送回家人身邊吧。」

小旅館老闆肯定是從別人口中聽到這件事，跑來向我問東問西。他打開房門，環視房間一圈，慢條斯理地打量女人和我不成人形的鬼樣子，接著貼在我耳邊竊竊私語。

「你想在這替人送終啊？到底在幹什麼，嗯？」

大家都忙著點明我的處境。向來都是他們負責說，我只能靜靜聽。對所有人來說，這都是他人理解範圍外的情況，而我則想替自己說說必須獨自回到街上的處境。不管是誰都好，我真希望有人能聽我說話。大家都只顧著滔滔不絕地講他們要講的，這令我窒息。

某天晚上，我緊緊握住女人乾瘦的腳踝。

「妳想去醫院嗎？」

女人的身體先是輕微顫抖，接著開始不受控制地搖晃，我趕緊壓坐在女人的膝蓋上，緊緊按住她的肩膀。女人的四肢、脖子和腰部都彎成奇怪的角度，表情猙獰扭曲。我刻意瞪大眼睛，從上方俯視女人，用盡全力不讓女人發現我在躲她。此時此刻，女人和我，都必須正視彼此撐下來。過了很久，女人的身體才癱軟下來。

我替女人擦去嘴角的口水，說：「要是覺得太痛苦，就去醫院吧。」

女人一整天只喝水，又必須和隨時會發作的痙攣對抗，已經沒有半點力氣。她的表情在說，無論怎樣都無所謂了。我用雙手捧住女人的臉，與她四目相交。女人的眼神失焦，越過我飛到了遠方。

「妳必須去醫院，嗯？我在問妳話啊。」

「難道不是你想把我送去醫院嗎？」女人嘟囔，同時將身體捲向一邊。

我全身無力地從女人身上退開。凹陷的雙眼、傷疤如紅疹般擴散的臉、滿是皺紋的脖子和宛如樹皮般的皮膚，我越來越難直視女人，就好像有什麼決定性的東西從女人的身體過境，將她抓得遍體鱗傷。如今，女人彷彿成了失去活力與生氣，只剩下微弱呼吸的一頭小動物。

「妳想去就去，去也沒關係。」

女人將棉被拉到下巴，喃喃自語：「你也厭倦了吧？覺得累了、嫌麻煩了吧？」她轉過身，雙肩微微打顫。

「妳明知道不是那樣嘛。」

我像是辯解似的拉高嗓門，甚至帶著怒氣試圖轉動女人的身體，竭力想隱藏自己被看穿的真心。我掀起女人的髒T恤，摸索並圈住她下垂的胸脯，甚至將手伸進女人的褲子，輕撫她雙腿間的三角地帶。因為手臂被鼓起的肚子擋住，很難活動自如，女人張開雙腿，調整了一下身體角度，好讓我的手方便移動，但後來又把身體轉過去，原本燥熱如焚的身體冷卻了下來。

我面向前方躺著，凝視天花板。假如我沒有遇見女人……如今我能做的就只有暗自做這種假設，描繪有別於現在的未來。想像尚未到來的事很容易，追憶往事也是。假如沒有遇見女人，我很確定一切都會比現在好過許多，無論如何，都不會落到現在這步田地。我喃喃自語。

「你後悔遇見我嗎？」

即便生病了，女人說話時仍像是把我的內心打開來，窺探得一清二楚。她完全看透了我的情緒準確落在哪個點。始終很肯定地說不後悔、沒有那種事的我，如今選擇了什麼都不說。

也許是我不想變得孤零零一個人，才會抓著女人不放。這能稱得上是愛嗎？女人也同樣無法回答這個問題。卑鄙如我，試圖將這一切責任推到女人身上，責怪如今體弱多病的女人，但我怎能這麼做？要忍受這個不是任何人的錯的情況太痛苦了，不能責怪任何人，只能眼睜睜看著現實墜入谷底，一天比一天跌得越深，這實在太煎熬了。

在黑暗中，我看見女人宛如一條蟲般蠕動身體，爬到門外。以往會關上門阻止女人出去、大聲嚷嚷的我，如今則任由她去了，甚至心想，乾脆她就回去廣場，喝到再也爬不起來，就地倒下最好。我暗自低喃，希望她去了很遠很遠的地方，遠到讓我再也找不著。

*

廣場的樣子變了很多，簡直認不出來。原本巴掌大的一塊圓形空地，現在多了高度和深度，更種了矮樹來設計出道路，而大家就沿著這條路往來車站。鋪有小石子與礫石、立有圓木的道路一直延伸到噴水池的所在處，再呈放射狀通往各處。

我坐在噴水池的尾端，欣賞覆蓋整座廣場的晚霞。只要睜大雙眼，冷風就會吹得眼睛發涼。我抹了一下眼角，將手插進腋下，咬著下唇，仰望鐘樓。少了水氣後，風一天比一天冰冷。在凍寒的空氣中，一切都顯得透明，也更加清晰。

一個男人來到我面前站著，身穿西裝的他恭敬地詢問：「您是鄭室長介紹過來的嗎？」

我站起身，點點頭，他伸手和我握了一下手，很自然地摟住我的肩膀。我在他的帶領下慢慢走著，同時問他，為什麼鄭室長沒有來？我們要去哪裡？需要什麼文件嗎？丟了各式毫無頭緒的問題，但我其實真正想知道的只有一件事。

「能給我錢嗎？」

他很肯定地說可以，不僅回答了我的問題，連我沒問的也解釋得很詳細。他說，先到辦公室去，就會聽到更具體的細節，好讓我安心。我看著小石子和圓柱木頭的紋路，挑選我想踩的地方邁出步伐，離開了廣場。男人和我對話著，多走了一個站的距離。他剛才說要去辦公室，卻領我走向一間烤肉餐廳。整間餐廳有三層樓，全部擠滿了人，充斥著人們大快朵頤、高聲喧嘩的吵鬧聲。

烤盤上的肉片逐漸烤熟，肉的表面泛著淡紅色血水，香噴噴的味道裊裊升起，看了不禁食指大動。一名上年紀的男人已經就座，他一邊將肉放在我的盤子上，一邊說：

「有帶身分證吧？」

「帶來了。」

「好，你的情況我大致聽說了，你說你需要錢？」

他的聲音聽起來很溫和，讓人安心，一對眼睛藏在明亮的鏡片後頭，如玻璃珠般閃閃發光。潔白的襯衫衣領和銀色手表，讓他整個人容光煥發。帶我過來的年輕人彷彿已經完成了自己的任務，全心全意地集中在吃喝上。我不由自主地吞了吞口水，不斷撫摸筷子尾端。男人替我斟了一杯酒，酒杯互相碰撞後，我也和他們一樣，仰頭乾掉酒，清涼暢快的液體沿著喉頭往下流動。

「也可以一次給我全部嗎？」我夾起一塊肉，邊吃邊問。

碰觸舌頭的肉片使整個口腔內充滿了香氣，接著彷彿融化般消失了。我又夾了一塊肉吃。雖然暗自提醒自己不該這麼做，仍無法克制將食物往嘴裡送，眼饞的盯著接下來要吃的食物。

即便是在應該擱下筷子認真聽男人說話時，我也不停在咀嚼與吞嚥。男人舉起手，點了更多的肉和酒。

他說過戶和準備文件需費些時日，接著冷不防問了我一句。「你現在就需要錢嗎？」

我忙著夾肉吃、喝男人替我倒的酒，過了一會兒才堅決地說：「很急，非常急。」

他將筷子立起，敲了敲桌面。「馬上恐怕有困難，不能多等幾天嗎？」

酒氣鬆懈了我的緊張感，我放下筷子，說起女人的事。凌晨時，救護車將女人載走了，此時女人正躺在急診室，一隻手背上插著吊點滴的針頭，奄奄一息地躺在宛如戰場的急診室角落。尖尖的針頭刺進女人軟軟的大肚子，抽出了腹水，大家七嘴八舌地說超過了一公升。

「真令人難過。」

男人替我倒了酒。我把黏在烤盤上的肉片扯下，邊吃邊想著女人。要是籌不到錢，女人又會被送去某個地方。明天就是院務科職員說的日子了，無論如何，我都必須在明天以前籌到錢。直到吃完小菜，將兩碗飯扒個精光後，我才心滿意足地放下筷子。放著正在痛苦煎熬的女人，只顧著填飽自己肚子的罪惡感這時也油然而生。但我仍注視著清空的碗盤，厚臉皮地企盼還有更多的肉或米飯，只要是吃的，我似乎都能一掃而空。

「那就這麼辦吧。」男人從襯衫口袋取出一張紙，上頭同時寫下他和我的名字。他拿出身分證，讓我確認他的姓名後開始說明情況。他會先給我一點錢，等到明天天亮後，他會再上銀行一趟，把剩下的錢結清。

「我要怎麼相信你?」

男人越過桌面,一言不發地看著我,接著突然放聲大笑,引來了周圍的側目。「如果不相信我,你又能怎麼辦?不是急需用錢嗎?」

我在男人遞給我的幾張文件上簽名,交出身分證後拿到了錢。明知自己的問題很蠢,但我仍確認了好幾次明天見面的時間地點,才和他們分別。褲子的口袋被錢塞得鼓鼓的,心中竄起無所不能的勇氣,以為已經消失殆盡的期待或希望,也再次悄悄地膨脹。

我邊唱歌邊走著,剛開始只是輕輕哼歌,後來提高了音量,心想著之後要找個時間唱這首歌給女人聽。心情大好的我沿著燈光已經熄滅的商店繼續前行,路人則躲我躲得遠遠的。我瞪著他們以踉蹌腳步逐漸走遠的身影。看好了,我也有錢,我得快點趕去女人所在的醫院,把費用付清,帶女人出來。我要讓女人躺在溫暖乾淨的房間,好好欣賞她的模樣。歌聲越來越嘹亮,在想像這些畫面時,我變得毫無所懼。

我隨意走進一間超商,闊氣地掏錢買了酒,然後就地坐在路旁,拿起整瓶酒大口灌下。車頭燈從我身上抹了一道光芒便揚長而去,我還可以搭計程車,一下子就直達女人所在的醫院。但我坐在原地不動,乾嘔了幾聲,把吃下的東西全吐了出來。我垂著頭,俯視地面上一大灘嘔吐物,接著手按著地上支起身體,再次往前走,彷彿我要做的就只有這一件事似的,走了又走。

我沿著廣場新鋪設的路面走到噴水池附近,先前在這裡鋪床位睡覺的人都不見了,整片靜悄悄的。有人的歌唱聲在漆黑的半空中迴盪，我搖搖晃晃地踩在大理石的邊緣上站著，接著一邊沿著噴水池繞圈，一邊想像和女人一同高歌跳舞的畫面。我輕輕摟住女人的腰，女人把手搭在我的肩頭上，就像這樣、這樣，車站、廣場和整個世界呈現傾斜的角度，不停旋轉。

要是女人沒有生病就好了。我心想，口袋有這麼多錢耶。我張開雙臂，努力想維持身體的平衡感，接著將手掌伸入噴湧而出的水柱之中。搞不好我根本就不想把我手上的錢全部花在女人的醫療費上，那才不是我想要的。我在原地徘徊，一再徘徊，卻沒有自信走到中央，好好直視我的真心。我在附近來回踱步、卻步不前，但最後，還是和自己的真心撞個正著。我問了：

「好，為什麼你現在沒有立刻跑去醫院？」

收到提問後，我只是默默地沿著大理石的邊緣繞啊繞，不管怎麼繞，最後都會回到原點，回到相同的位置上。我用手掌使勁按壓眼睛四周，維持著彷彿下一秒就要摔倒了，接著又將身體拉回來，持續在同一個位置上徘徊的狀態。

沉澱的告白

那雙眼睛將會一字不漏地記住我許久之前說過的話。
腦海中，浮現緩緩那些話語，
那些曾使平靜無波的水面蕩漾、掀起浪濤的告白，
逐漸沉沒於女人深不見底的雙眸中。

有人輕輕拍了拍我的臉頰，我在意識朦朧的狀態下，努力想將注意力集中在臉頰的觸感上，身體卻猶如身陷泥沼般不聽使喚。我甩了甩頭，好不容易才從睡夢中逃脫，宛如被鐵鎚敲擊般的頭痛也接踵而來。

「你這臭小子！」

向我撲過來的是王家的臉。我反射性地縮了一下身體，看到姜組長過來制止他。我掙扎著想爬起來，卻摔倒在地，手掌和臉頰沾上了某種稠糊的東西。是嘔吐物。我打算起身，全身卻如挨了揍似的疼痛不已。組長將手搭在我的肩上，攙扶我起來。

「你到底做了什麼，嗯？」

我看了看自己坐的長椅、藍色帳棚和辦公室的貨櫃，反射性地翻了口袋。口袋是空的。

「我在問你做了什麼，臉又是怎麼回事？」

組長向站在旁邊的王家大吼，要他拿毛巾和醫藥品過來，王家一臉不爽地跑進辦公室。我用手掌摸了摸身體，尋找錢的下落，腦袋逐漸刷白，到最後連組長在講什麼都聽不懂了。我站起來檢查長椅附近，四處走來走去，不放過地上每個角落。每次低下頭，就感到胃部翻攪、不停作嘔。我甩開組長遞來的毛巾，搖了搖頭，錢不見了，消失得無影無蹤。我蹲坐下來，用頭不停敲擊長椅的邊緣，起初只是輕輕地敲，後來則加重力道，像要把長椅給撞壞似的。組長靜靜地看著我好一會，然後強迫我坐到長椅上，有三、四個人同時抓住想推開組長的我。

「放手，給我放手！」

我抓狂似的大吼，雙腳不停亂踢，組長出手甩了我耳光，大而結實的手掌一次又一次甩過我的臉頰，似乎絲毫不打算收手。我放掉全身的力量，任由四肢和身體往下垂掛，王家朝我的臉揮了一拳，再用毛巾壓住我的臉。鼻梁陣陣抽痛，溫熱的血液沿著人中流下，我將臉埋在毛巾裡，並狠狠咬住毛巾。

「真不曉得你到底在想什麼。」

組長要我坐在辦公室的角落，詢問事情的來龍去脈，但無論是與別人在車站後門打架，被抓去警察局，或在這裡過夜的事，我什麼也想不起來，腦袋只激動地尋找錢的下落。錢沒有了，不見了，我默默在心中低喃，眼前的背景彷彿正以緩速被撕裂，一片接著一片被撕走，成了空無一物的白紙。我開始心生恐懼，牙齒不住打顫。

「發生什麼事了嗎？」

他安撫我，我猛然站起說我要走了。組長壓住我的肩膀，讓我重新坐下，接著便不斷重複站起、坐下的戲碼。

最後我用力推了組長一把，大吼：「你到底想知道什麼啊？」

組長停下動作。「我是想幫你啊，雖然不知道發生了什麼事……」

我打斷組長的話，大聲頂撞：「知道我發生什麼事，就每件事都能幫我嗎？又不是嘛，絕對不可能嘛！」

假如當時願意接受女人的補助申請，或實在沒辦法，讓她得到居住援助或成為自活勤勞者，就不會走到這一步了。我盡情宣洩自己的埋怨，好像這一切都是組長的責任。要是你曾經幫了什麼，那就說說看啊。我怪罪組長，朝他步步逼近，找不到說詞的他一時慌了手腳，彷彿遭受意想不到的攻擊。我靜靜看著他的喉結上上下下。

他露出苦笑。「聽好了，我原本是想，無論如何都要讓你離開這……」

「我不想離開，我不想啊！」

一夕之間，我又成了口袋空空的窮光蛋。現在我還能做什麼？這種恐懼感再次令我動搖，又生氣又委屈。乾燥刺骨的寒風穿過我的身體，我握拳大叫，表現得像個幼稚的孩子。為什麼非要離開這裡？為什麼不能留在這裡？兩隻眼睛滾燙發熱，我抬起肩膀擦拭眼角，然後狠狠瞪著組長。

「幹，狗屁，全都是狗屁。」

為了不讓人發現我在哽咽，我不斷吐出髒話，砰地一聲關上辦公室的門，離開了那裡。我繼續不停咒罵，在辦公室前徘徊。一定有人把錢拿走了，一定把那筆錢花光了。我把嫌疑栽贓到路過的每個人身上，用兇狠的眼神追逐他們的身影。我不曉得究竟是從哪裡開始出錯，也不知道該怎麼辦才好，朝外胡亂射出的憤怒宛如迴力鏢，緩緩回到我身上。我將眼睛瞇成一條線，這一切都是因為我，自責感令我動彈不得。數十把，不，數千把迴力鏢敏捷地在空中畫出曲線，然後一口氣朝我衝來，分毫不差地扎在我身上。走到可以看見廣場的地方，我終於克制不了對自己的憤怒而放聲大叫。淚水流了下來，我像個傻子般屈膝跪下，忍不住痛哭失聲。

＊

我知道有個男人每天會搭地鐵去看大樓，他的工作只有在傍晚左右抵達大樓前，在附近繞來繞去，撿掉在地上的菸蒂或塑膠紙。他也會挑出被人插在花圃縫隙的塑膠瓶或罐子，甚至輕輕撫摸停車場看板或玻璃門把手。

「有看到那個亮著燈的地方吧？」附近清掃完畢後，他會抬頭指著一扇窗戶。「那是我的公司，是用我的名字命名的公司。」

他甚至會像是想要證明這句話般翻找郵筒，將寫有自己姓名的郵件遞到我面前，但始終也只有這樣。假如他打算經過郵筒，走往電梯的方向，警衛必定會出面制止他。

「有什麼事嗎？」

「那裡是我的公司。」

「立、刻、出、去，喂，我叫你出去！」

「這裡有我的名字啊，你看，確認一下啊。」

他翻了翻自己的背包，拿出一大疊繳稅通知單，甚至遞出內容不詳的各種文件和催繳單，但警衛只是不停揮手趕他出去。如今，他可以和警衛你一言我一語地說著滑稽可笑的對話，並且笑談自己和警衛起口角的事，彷彿自己一點都不放在心上，不然他還能怎麼樣似的。

我坐在噴水池邊緣的大理石上，想起了那個男人，同時感覺到人們正看著我竊竊私語。全身上下散發難聞的氣味、衣衫襤褸，等於是昭告天下，我是屬於街上的人。我和那些看熱鬧的人群四目相交，甚至無謂地走到他們面前擺手，吊兒郎當地晃動身體。鐘樓的指針已經超過約定時間許久，昨夜約好碰面的那些人依舊沒有現身，他們的再三保證也變成了無用之物。

我在車站與廣場徘徊，一心想要找到他們的身影。他們會用我的名義去買房買車，還可以經營公司或拿去借錢。就在我姓名的三個字不知去向之際，我只能在車站打轉，折磨毫不相干的人。

女人怎麼樣了？

我很害怕想起這件事。手裡握著如海市蜃樓般一夜之間就消失的錢，肆無忌憚地胡鬧，握著輕到僅用單手就能握住的錢，卻表現得像是擁有了全世界。我以為自己可以丟下生病後只會折磨我的老女人，去買一個身體健康、順從乖巧的年輕女人，以為可以離開這裡，像是從來不曾來過這種地方般，厚著臉皮、漫不經心地繼續過日子。不過是昨晚才發生的事，想到自己踩著踉蹌的腳步放聲高歌，整個夜晚都屬於我般大吵大鬧，就不禁痛苦萬分。

變成窮光蛋的我再次想起女人，想到醫院的人或中心的職員會把女人送到更遠的地方，就覺得喉頭好像噎住了，彷彿自己孤零零地被丟在絕望的荒漠。瞄準著我、準備向我飛撲而來的孤獨和寂寞讓我備受威脅，我很肯定，比死亡更教人恐懼的，是沒人知道我死了。想到就連我曾身在此處、從此處消失，都會一併被埋葬在沙塵裡，就不由得心生畏懼。我忍受著塵土扎著臉頰的刺痛感，同時仍厚顏無恥地希望女人能待在我身旁。

我逢人就做出伸手要錢的動作，同時為自己不假思索、沒有半點猶豫地張開手掌心感到驚愕，想起了在自己面前擱放一個空罐，駝著身子跪在地上乞討的人，忝不知恥地朝半空中張開滿是皺紋的手掌，將罐子的零錢翻過來倒在手上，再迅速塞進口袋的動作。看不見的輕蔑與嘲笑，在地下道階梯上忙碌的上上下下，現在的我卻心想，那有什麼大不了的？把手心朝上有什麼困難的？比起變成孤單一人，向陌生人伸手是易如反掌。

我將雙手合攏，掌心朝上，壓低腰桿，恭敬地向人作揖，心想著無論如何都要擺出一張笑臉。人們似乎早已習以為常般漫不經心地迴避，或裝作沒看見的將頭轉向另一邊。那麼，我就會迅速轉換方向，向其他人伸出手。我就這樣一路走出噴水池，來到車站的候車室。乘客把行李放在椅子底下，看著電視，用覺得我很可憐的眼神打量我。他們和我都一眼就看出彼此是街上的人，表情透露出蔑視與冷淡，我沒有迴避對上的眼神，而是這麼問道：

「就算這樣做，你也沒有什麼不同，在座位上吃喝拉撒睡的你，有哪一點比我強？」

他們移開目光、轉過頭，最後離開了座位。有個在電子螢幕前來回踱步，很專注在講電話的老紳士則翻了翻口袋，丟了幾枚硬幣給我。我用收攏的掌心接住掉下來的硬幣，向他連連敬了好幾次禮。他用一隻手揮了揮，示意我走開，但我沒有離開原地，依然張開手心、弓著腰。他像是受不了似的打開皮夾，拿出一張鈔票給我，我才心甘情願地移動到其他地方。

我很努力想要滿足大家的需要，呈現他們想看見的，說他們想聽的話，為了讓那些堅決的眼神動搖，拚了命地想找出該怎麼做。我露出飢腸轆轆的表情，用一隻手抱著肚子，用另一隻手指著張開的嘴巴，還會用髒汙的手背抹拭眼角，像個瘸子般一跛一跛地走路。有時我甚至會雙手合十，維持弓腰的姿勢闔上雙眼。我只能這麼做。

你們都比我好太多了，你們的人生如此富足，你們又是何等有度量。

我不斷點頭哈腰，展示我的貧困潦倒，哀求大家打點賞，不管多少都好，是同情或譴責都無所謂，我正面迎上人們錯綜複雜的眼神，逢人就伸手。

一名站務員擋在我面前。「您不能在這裡做這種事，請出去。」

他揪住我的後頸，壓低聲音警告我，推了我的肩膀一把，將我趕到外頭。他身上一定也有皮夾，有隨時都能拿出來用的錢。我沒有拉高嗓門或加以抵抗，而是向他伸手求情。如今，我的手不再等待能摸著、握著什麼，只期望有什麼能平空掉下來。站務員一臉無言，不屑地冷笑了一聲。

「我需要錢。」

我才拉住他的衣角，他隨即像趕蟲子般甩開我的手。無所謂，我的手成了鍥而不捨的蒼蠅，拉緊他的袖子，握緊襯衫的下襬。

我露出懇切的表情，彷彿下一秒就會潸然落淚，他則用單手揪住我的後頸加以壓制後，再像是要把我扔到車站外似的猛力推開。我拚命抱住站務員結實的手臂，避免自己跌到地上，但我的力氣不夠，最後仍在水泥地上摔了個四腳朝天。在地上溜達的鴿群受到驚嚇，一下子全振翅飛向空中。站在車站入口的人群慢慢往後退開，用側眼向我行注目禮，身穿校服的淘氣學生們甚至舉起手機，拍下照片。我立刻站了起來，內心沒有半點羞愧丟臉的情緒，只是不想愚蠢地坐在原地，浪費可以多掙一分錢的時間。我毫不在乎地站了起來，雙手在腰際擦抹了幾下。

只要有人願意給我錢，就是要我假裝自己死了，我也能做到。我還能跪在地上學狗用四腳爬行，將掉在地上的食物舔得一乾二淨。我什麼都能做到，只要給我錢。我若無其事地走進人潮聚集處，我必須拉高嘴唇兩端的弧線，盡可能擺出親切溫和的臉，避免讓大家產生厭惡感。我真的是那麼做的。

*

「這件事你能做到嗎？」夢想城市的老闆問。

他看到我的落魄慘樣後似乎有點吃驚，搞不好他曾經認為我可以離開這條街，預測我在消耗青春大好歲月的同時，總會抓住一次大好機會。但如今，他收起了那種期待，用很不客氣的態度對我。任誰看到現在的我，都會覺得我絕對無法離開街頭了，我徹底成了這裡的人。他把晾在螢幕上的T恤遞給我，訓斥了我一番。

「啊，臭小子，身上臭死了，換上這個吧。」

我按照他的吩咐換上衣服，混雜汗水、血漬、嘔吐物和灰塵的衣服癱軟無力，活像一條抹布，柿紅色的襯衫老早就失去原來的顏色。我就靠兩件T恤捱過了漫長的夏天。我想起女人將其中一件T恤沾濕、抹上肥皂、搓揉出泡沫，最後沖洗乾淨的身影。在幽暗狹小的廁所微微搖曳的女人身影，以及映照在走道外的斜長影子，彷彿歷歷在目。

「那日薪給你多少就算多少，不要就算了。」

「我無所謂。」

「是嗎？可能會超過一個月喔，做得來嗎？」

「無所謂。」

「要是你這臭小子以後敢多說什麼，老子就殺了你。懂嗎？」

我連日薪要算多少給我都沒過問，但一定是少得可憐、遠低於預想的金額吧。但，又能怎麼辦呢？畢竟我現在急著用錢。組長在帳簿寫上我的名字，也填上了數字。

「在這裡簽名，給我記住了，要是敢拿我的錢跑路，你的小命就不保了。」

他將手冊轉向我這邊。簽名時，老闆正大肆地說著要殺掉我這種人有多容易。

「你們這種傢伙，就算少了一、兩個也沒人知道。用你們不是沒原因的，因為用起來很方便啊。連身分、住處都沒有的傢伙，有可能把事情鬧大、跑來大吵大鬧嗎？你們什麼都做不了，懂我的意思嗎？」

我立刻將手冊還回去，點點頭。不管是工作一個月還是一年，那些都不重要，重要的是我現在需要錢。

「靠，這也太吃虧了吧？」一屁股坐在地上的鼠男不滿的嘟囔。他立起膝蓋，將雙手圈成圓形，好防止鵝寶寶逃跑。一小團黃澄澄的東西在他懷裡跑來跑去，身上好像會散發陽光充分曬過的香氣。

「不然你給我錢啊，一毛錢都生不出來的傢伙，講什麼屁話。喂，你還不趕快清走？又不是什麼貓狗，那玩意到底是哪來的啊？」

鼠男抬起頭，將鵝寶寶舉到我面前。

「你看，很漂亮吧？」

我蹲下來，小心翼翼地伸出手，這隻鵝寶寶只有手掌大小。呈鈍三角形的嘴巴碰到了指尖，我動了動食指，撫摸蓬鬆的細毛，搔弄這小傢伙的額頭。牠探出脖子，在我的手中四處摸索，接著再次往鼠男立起膝蓋的雙腿間鑽動。鼠男故意站起來，悄悄往後退，以呆萌的動作東張西望的鵝寶寶，也左搖右擺地追在鼠男後頭。

「你看，牠會跟著我，像這樣、這樣。」鼠男因興奮而拉高嗓門。

呱呱，這小傢伙的尖嘴撞了上去，發出柔弱卻清亮的叫聲。

老闆一臉興趣缺缺地看我們在幹什麼。「牠們不是住在水裡的嗎？」

「我會讓牠在噴水池玩，等牠再大一點。你說好不好？因為你現在還是個寶寶，知道嗎？」

鼠男再次彎起膝蓋，圈起雙臂摟著鵝寶寶，表情就像是擁有了全世界。老闆再次叮嚀我，接著打開皮夾。沙沙沙沙，我像是丟了魂似的低頭看著鈔票紛紛出籠。

「明天別遲到了，聽懂沒？」

我打開門往外走，背後傳來老闆的交代。我點頭表示知道了，把錢收進口袋，朝地鐵站奔去。零錢在我的口袋內噹啷作響，也可以感覺放了鈔票的後口袋鼓鼓的。雖然很想停下來數數鈔票，但為了避免自己這麼做，我加快了速度。去想鈔票那硬挺和粗糙不平的質感是很危險的。我的膝蓋很痠疼，兩眼發澀，頭頂也好燙。我完全沒有看廣場那側一眼，直接跑過了那個地方。

*

女人身上散發出消毒水的味道，原本鼓起的肚子明顯消了，她平靜、穩定地呼吸著。我握住女人的手，輕輕摩娑針頭留在手腕上的痕跡。街上總是被黑暗籠罩著，女人的臉或身體都看不太清楚。

「要不要回家？」

我們坐在醫院前的長椅上，抬頭仰望燈火通明的醫院大樓。女人輕輕拂過我的肩膀、手臂和大腿，沒有說話。我心想，幸好帶女人出來前有先在醫院洗手間簡單洗漱，也擦拭了身體。一群人在另一頭各分了一根菸，正在吞雲吐霧，坐在輪椅上和拄拐杖的人開懷笑著，聲音傳到我們坐的長椅上。這是一家公立醫院，用膝蓋想也知道患者是什麼樣的人。他們只想靠補助金延續生命，對於恢復健康、制定未來計畫根本漠不關心。他們沒有理由，也沒必要那樣做。

「錢從哪來的？」

女人輕輕撫摸我的額頭，還替我擦了擦眼角和鼻梁。我突然好想撲向女人懷中，像孩子般嚎啕大哭，想回到只要這麼做就能滿足的時期，回到如幼小的鵝寶寶般，除了呼吸、會哭會笑，什麼都不必做的時候。

「我決定去工作了。」

「什麼工作。」

「就什麼都做，我拜託了夢想城市的老闆。」

「這樣啊。」女人垂下頭喃喃自語：「對不起，真的很對不起。」

女人重重地按壓我的掌心。我將女人攙扶起來，將她的手拉過來，不想看到女人意志消沉、垂頭喪氣的模樣。我在膝蓋上使力，避免自己在走路時一拐一拐的，同時抬起頭、挺起胸膛。張開嘴巴時，口中像是患了感冒似的吐出滾燙熱氣，我就這麼配合女人的步伐走著。

「急診室有個護士，她真是個怪人。」

女人察覺我的心情變得低落，試著想轉換氣氛。雖然我很想附和，身體卻越來越沉重，彷彿全身掛了個巨大秤陀似的。我忍不住喃喃自語，「說不定走著走著，整個人會直接陷入地底。」不，我心想，乾脆那樣更好。

我說：「今天廣場上有個瘋子。」

「什麼樣的人？」

女人露出興致盎然的表情，於是我用很誇張的動作模仿某個逢人就伸手要錢的男人。腦海中的男人先是個年邁的老頭，後來又變成年輕小夥子，一會兒是女人，一會兒又變成男人。他先是在車站度過了大半輩子的人，接著又變成昨天才新來乍到的毛頭小子，各種面貌恣意參雜在一塊。腦海中出現什麼畫面，我就隨口胡謅，彷彿我是站在遠處注視這一切的人，不帶任何情緒地說著。情緒漸趨冷靜下來，話語卻急著傾巢而出。

「是我認識的人嗎？」女人問道。

過了好一會，我才說：「不確定，我第一次見到他。」

「一次都沒見過？」

「嗯，一次也沒見過。」

我說服不想回家的女人回到螞蟻房。打開已經歪一邊的鐵門，沿著走道進去，素拉探出小小的頭。

「叔叔，你怎麼現在才回來？」孩子很誇張地皺著臉嘀咕。

為了很不舒服的女人，我忙著找鑰匙、開鎖，同時漫不經心地聽孩子說話。一打開門，聚積在房內的惡臭便一股腦地衝出來，夾在門縫的信封則咚的一聲掉在地上。

我走進房裡打開窗戶，抖了抖棉被，將塑膠水瓶和椅子清到一旁。把如廁時要用的塑膠桶拿到廁所清洗乾淨。女人坐在門檻上調整呼吸，孩子則像隻小雞般跟在我屁股後面，嘰嘰喳喳說個沒完。

「叔叔，你有在聽我講話嗎？我爸爸叫我一定要告訴你。」

「嗯，叔叔有聽到。」

內心變得慌亂，好想趕緊關上房門，和女人並肩躺著睡一覺。我將棉被整齊鋪好，讓女人躺下後，再把濕毛巾擱在枕邊，方便全身無力的女人擦拭身體。

「肚子餓不餓？要不要吃點東西？」

我晃了晃零錢，弄出噹啷噹啷的聲響。疲憊的女人抬起視線看著我，眼眸是如此透明，讓人一眼就能窺出她想要什麼。

「一瓶就好，不行嗎？不行吧？」

心軟的我事先和女人說好。「真的只能一瓶。」

「好，就一瓶。」

關上門，我和素拉一起離開暗巷。素拉用容易聽懂的方式依序把住戶聚在一起開會，最後大吵的事告訴我。想必從門縫掉下來的信件也是寫那些內容吧。我點了點頭。我想和女人親暱地一起分著喝一瓶酒，然後沉沉睡去。現在我所期望的就只有這件事了，其他怎樣都無所謂。

我無法向孩子解釋今天一整天有多麼漫長，只能拉大步伐，加快速度。

我將口袋的錢全部掏出來，買了一瓶燒酒、兩碗泡麵和一包餅乾。花了那麼久時間在車站與廣場徘徊乞討的努力，只在結帳櫃檯前花幾秒鐘就沒了。但那又怎麼樣？我將往後一個月的勞動力預先出售給夢想城市的老闆，付清了女人的醫療費用。未來不再是什麼需要事先準備或未雨綢繆的事，我甚至認為，只要我有需要，就是十年後、百年後的人生也可以預支。哪怕是用這種方式，我也必須替現在搖搖欲墜的人生搭起支架。用未來的負債或債務來延長一天有什麼不好？

在回程路上，孩子問：「那叔叔會搬家嗎？」

「不確定，妳想搬家嗎？」

「當然想囉，這裡都沒有朋友，很可怕耶。」孩子抱著餅乾，裝出小大人的樣子。「可是，我不可以這樣說，因為爸爸會傷心。」

住戶們現在似乎聚集在某個地方開會、商討對策。孩子問我為什麼不去，似乎很好奇沒有出席的我是不是有能力搬到其他地方。我將孩子送回房間，輕輕摸了摸她的頭。真不敢相信一天竟然還沒結束，感覺好像這一天已持續了一百年、兩百年。

＊

「有時候，我覺得活著太痛苦了。」

這話是女人說的，但也是我想說的。我們躺下來，把身體縮在薄被裡。一直有冷風從某個地方竄進來，有時就連張開嘴巴吐氣，也會有白色霧氣在空中搖曳。冬天很快就會來臨了，整個夏季都在擔心如何過冬的我，如今已經決定不再預想任何事。總會有什麼辦法吧，但我的意思並不是草率地懷抱期待或希望。我會想像最糟的那一步，非這麼做不可，無論是什麼，預想事情會無止盡地惡化，總是比較好。

然而，在女人回來的此時此刻，我雖頑固地想像最糟的情況，但或許也期盼著其中能發現一丁點希望。

「你不會這樣嗎？」女人問道。

隔壁的男人貌似回來了，從外頭傳來悄悄開門與進房的聲音。

「對某個人來說，人生有可能不是痛苦的嗎？」

我很想問，也許人生本來就該是痛苦的，不是嗎？但我又想，真正痛苦的不是人生，而是看著死不了卻只能硬吞下去的自己。我忍不住嘟囔，沒有什麼比想像自己會變得多窮困潦倒、多卑躬屈膝更可怕的了。

女人因寒冷而發抖，為了讓她的身體暖和起來，我慢慢靠近她，將手放進T恤撫弄她的胸脯。女人支起上半身與我接吻，溫熱的口中混雜了泡麵調味料與嗆辣的酒氣。唯有我才能察覺的敏感變化喚醒了女人的身體，我的身體也起了反應，癱軟無力的細胞接二連三地甦醒了。

女人制止喘著氣打算爬到她身上的我，反倒自己移到我身上趴著，輕撫我的額頭，摸了摸我的耳垂，接著輕輕將雙唇印在我的臉頰和後頸上。我放掉全身緊繃的感覺，讓女人用她的方式去做。女人大口喘著氣，緩緩地往下移。

女人用舌尖舔舐我未徹底清潔的身體。明知道她必須忍受我身上散發的各種惡臭，我仍佯裝不知情。儘管女人已經氣喘吁吁、不停咳嗽，仍沒有停下動作，彷彿如今這是她唯一能替我做的事，為此卯足了全力。面對這樣的女人，我沒有勇氣要她停下來。

心跳越來越劇烈，同時腦袋卻想著我們此時的行為有多醜陋汙穢。這個只剩下赤裸裸的慾望的行為，要如何用愛或情意等甜言蜜語來形容？我沒有信心直視我在做的這件事。

我們展露出髒汙不堪的身體，兩副身軀交疊磨蹭，一心只埋頭解決宛如飢餓般的慾望。要是誰在路上見到了我們在做的事，八成會以為自己看到了什麼髒東西而破口大罵，或是噁心想吐。我知道中心的職員會在背後對如動物般在路上打滾的我們竊竊私語，我就曾經偷聽到他們說很髒或很可怕之類的話。

我對自己保有生命力的肉體感到厭惡，生活都這麼痛苦煎熬了，我還企盼心臟能跳動、血液會流動、能感到飢餓、渴求另一個人的體溫，這令我感到噁心。必須以這種與「人」絲毫沾不上邊的方式解決我身體的渴望，實在太過駭人了。不分何時何地，身體交纏、發出呻吟聲、滿足慾望的我，與野獸又有何分別？

儘管如此，我仍想要宣洩在體內流轉的滾燙感，動作逐漸變得劇烈。我讓女人躺著，在她身上進行機械式的動作。狡詐的是，在我奔向高潮的那一刻，我不再懷疑任何事，甚至問自己，假如這不是愛，那還有什麼是呢？女人摀住嘴巴，吐出了呻吟聲，我則被滿足感所包圍，喃喃說著什麼都無所謂了，把轉瞬就會消逝的那一刻誤認為全部。

「你說，你愛我嗎？」

汗濁的汗水在胸口流淌，我將濕滑的身體緊貼在女人上頭，喘氣不止，心臟彷彿就要炸開了。我沒有停下來。假如可以，我希望能夠不停下來，就這麼度過十年、百年，然後就此死去。我全力奔馳，一路奔向懸崖盡頭，接著，我重重地吐了口氣，最後趴在女人身上。

女人緊緊摟著我，再次問我：「你不會拋棄我吧？嗯？你不會吧？」

我將耳朵貼在女人的臉頰上，以雙手覆住女人乾枯的肩膀。我聽見了心跳聲，兩顆心臟的跳動聲先是合而為一，接著分道揚鑣，然後又合為一體。有什麼濕濕的東西在我耳廓打轉，沿著臉頰流淌下來。女人在哭。我屏住呼吸，在一片黑暗中眨著眼睛，女人的說話聲和呼吸聲如遠方傳來的樂聲般逐漸微弱。我心想自己應該想辦法安撫女人，好好哄哄她，但我只是無力地從女人的身上退開，如屍體般張開四肢，逃亡似的陷入了夢鄉。

*

又過了幾天，雖然不過是幾天，卻彷彿過了好久。我們竭力想把一天圈在計畫之中，留心著不讓它跑到預想之外。哪怕是再微不足道的事，也卯足全力不讓外界的任何事情侵入我們。

扣掉去吃午餐而短暫外出，剩下的時間全在房裡度過。我們不見任何人，也不做任何事，就這樣度過一整天。我們成天形影不離，直到晚上我必須外出工作，女人就會獨自守在房間。

什麼都沒改變，但另一方面，我也察覺到許多事情正在改變。黎明時分，結束工作回來的我會躺在女人身邊，一邊摸她逐漸鼓起的肚子，一邊低喃：

「腹部好像積水了。」我用沒有任何情緒起伏的口吻說。

當女人乾咳，或起身後安靜開門去如廁時，我也不再跟去或表示什麼。我被疲憊淹沒，苟且地為順利過了一天而感到安心；我只是默默等待一天接著一天過去，夢想城市的老闆預支的日子可以趕快結束。有時在半夢半醒之間，我會想——這一切都是女人造成的。

我時而想著我被拿去抵押的未來，嘟噥著想傾倒在女人身上的埋怨，時而後悔當初沒有丟下女人不管。腦中沒有半點想變成什麼樣或怎麼做的想法，萬念俱灰地想著一切終究不會正常運轉、期盼的也不會實現，同時將一切過錯推到女人身上，以棉被有味道或房門無法關上為由而對她大小聲。我明知這麼做很卑鄙，卻不知道如何控制錯落不齊的情緒。不，如今已經沒有餘力去在意那種事了。

有一天，我和其他人喝到天快亮才回來。一打開房門，隨即看到女人像是等待許久般使勁推開棉被，撐起身體。

「怎麼這麼晚才回來？」

在一片漆黑中，她抬頭正視我的眼睛。

「工作很晚才結束。」

為了適應臭氣熏天的房間，我很誇張地大口吸氣、吐氣，這麼做時，我完全不在乎女人是否會感到羞愧或抱歉。女人幾乎是用爬的來到我面前，拉了我的衣服一把，要我坐在地上。

女人說：「到底問題出在哪裡？你為什麼要這樣？」

女人的口吻很尖銳。我避開她的視線，逃得遠遠的。

「要是這麼難忍受，那你就走啊。別來折磨我，要走就走！」

女人放聲尖叫，但我只是任由她去，逕自走到房間的一角躺下。數種情緒在我體內飄浮，在它們逐漸變得熾熱、結實的那一刻，我把身體縮成一團，避免它們突然跑出來作亂。女人靠了過來，抓住我的肩膀大力搖晃，想方設法把我的臉踱向她那側。我固執地閉上嘴，緊盯著黑漆漆的牆。女人沒有哭號，她只是拉高嗓門，猛力搖晃我的身體，拚了命的想把鑽進沉默中的我拉出來。女人發出尖銳刺耳的聲音，我則是任由乾瘠的聲音朝著我又砍又刺，在我身上留下傷口後離去。

「你說，你在想什麼。」女人咬牙大聲咒罵，接著爬到我身上，用雙手牢牢鉗住我的臉，冰涼的手掌將我的頭左右搖晃。「你說，我叫你說！」

廣播的聲音稍微變大了，肯定是素拉聽到這個房間的騷動後，把音量調大了。女人狠狠壓住我的臉，用難以置信的腕力拉扯、擰捏我身上的肉。女人終日躺在床上咳嗽、氣喘吁吁，此時鋒利的殺氣卻在她身上活了過來。我用力推開女人，把她甩到一旁。

「別再鬧了。」

女人猛然停下動作，再度以嚇人的氣勢撲過來，朝我的臉甩巴掌、亂打一通。我仰躺著不動，等待這一切盡快過境。

女人抓住我的頭髮往地上撞，吼叫著：「拜託你說點話。」

但我無法說出女人期待聽到的話，也不知道那是否出自我的真心。反正真心時時刻刻都在變化，那種玩意又有什麼重要的？黑暗中，女人露出眼白的可怖雙眼俯視著我，我能清楚窺見凝聚在那眼眸中的真心，但我仍對這一切裝聾作啞，就算讀懂了女人大吼大叫、口出惡言、扭動掙扎背後的心思，又能改變什麼？女人帶著不肯罷休的氣勢將我逼到牆角，她用雙手揪住我的衣領，把頭抵住我的喉頭，接著像是耗盡全身力氣似的，整個人癱在我懷中。女人粗糙的腮幫子貼上了我的臉，鼻子噴出的溫熱氣息惹得耳朵發癢，但我只是默默推開女人，再次轉身面向牆壁，將雙手插在腋下，匆匆忙忙地鑽進了夢鄉。

＊

「不然還有別的辦法嗎？有的話就說啊。」

救護員抓著我的肩膀搖晃。過去我也曾聽過類似的話，我失魂落魄的佇立，一張簡易病床快速掠過我身旁，進了電梯，追在後頭的某個人則一屁股跌坐在地上嚎啕大哭。哭聲很快就被周圍的噪音淹沒了，我則像是事不關己的人般冷眼旁觀。

「您打算怎麼做！」

救護員把我推到一旁，戳了戳躺在床上的女人的臉頰。大口喘氣、喊肚子疼的女人，此時將頭轉向側邊，不發一語。張開的嘴巴縫隙間流出了黏稠的唾液，摻有墨紅血絲的口水緩緩沾濕了床單。

「不能再這樣下去了，您有沒有在聽我說話？」

救護員情急大喊，這時我才像是回過神般和他對上眼神，環顧周圍，然後找到女人的手，握住它。她的手冰涼乾癟。我輕輕撫弄女人的長指甲與卡在指甲縫隙的灰塵。組長不接電話，但我想破了頭，也想不出還有誰能幫忙。就算有人能幫忙，想必也要付出相應的代價。抵押往後的時間，把尚未到來的時間過得像是過完似的，這樣的一天雖讓人絕望，但如今也沒人想出錢買我的未來了。女人的手握在我溫暖的手中，顯得更加冰涼。

「我該怎麼做？」我問。我比任何人都清楚該怎麼做、能怎麼做，但我自始至終都像個卑鄙小人。我帶著恐懼的心，默默將目光集中在女人的睫毛或呼吸聲上。

「當然是要先接受治療啊，總要先送急診室吧！」他氣急敗壞地說，而我只是愣愣地不停點頭。

急診室的入口擠滿了人，護士和醫生一臉疲倦在人群間穿梭。他們會替女人治療嗎？會發現生病的女人嗎？他們會不會裝聾作啞？有個人在掛號櫃臺前大小聲，質問費用已經繳清了，為什麼不能盡快替病人治療。所有要求都在結清款項後才可能被滿足。我緊咬牙關。

救護員與我合力將女人移到輪椅上，推進急診室，女人的身體先是往前彎折，接著又瞬間往後倒。我們選了一張空病床，讓女人正面朝上躺好。在做這些時，吊點滴的支撐架翻倒了，輪椅也滑到了一旁。女人閉著眼睛，一動也不動，我低下頭，將臉湊近女人的臉頰，試著低聲呼喚女人的名字。那是我至今不曾喊過的名字。女人沒有回應。想說的話恣意糾纏在一起，如雪球般越滾越大，也變得越來越滾燙，我卻只能不停吞嚥口水，勉強呢喃女人的名字。

「快點，動作快。」

救護員催促我，我點點頭，表示我馬上就出去，接著像凍結般站在原地。也許老早以前，我的腦海中就一直在想像這個畫面。比我想像中更遙遠的某一天開始，就一直有所覺悟。我張著嘴不斷哈氣，同時竭力說服自己是逼不得已。

「先生，使用這張床前有沒有經過同意？」

病床的隔簾嘩地一聲拉開，有個男人探出頭。在我體內暫時關閉的燈光和噪音也嘩啦啦地迎面撲來。我瞬間回神，環顧周圍，迅速甩開女人的手。

男人問：「怎麼可以隨便躺在這裡？有經過誰同意嗎？我問你有沒有經過同意！」

我嚥了嚥口水，東張西望一陣，接著拉開隔簾離開了那裡，開始大步走向醫院出口，心臟也撲通撲通地劇烈跳動。我一把推開擋在前頭的人，對迎面而來的病床左閃右躲，加快步伐。男人緊跟在後，腳步聲越來越快，在走廊盡頭，一隻粗而結實的手牢牢鉗住我的肩膀，將我逼至牆角。

「喂，我問你是誰，這是在幹什麼！」

而我只是倚靠在牆壁調整呼吸，像患了失語症般低頭看著光滑油亮的地面。男人用力戳了戳我的肩膀。

「說話啊，說啊。」

救護員早已不見人影，我在困在宛如修羅場般的醫院走廊一角，心中想著女人，不，對女人的擔憂早就消失得無影無蹤，此時我只為自己該如何逃脫而手忙腳亂。

「聽不懂人話嗎？我在問你是誰！」

男人一把揪住我的肩膀。要是我再回去，女人似乎會瞪大雙眼望著我，我沒有自信能和她對上眼。

我反射性地回答：「我不認識她。」

起初我囁嚅小聲的說著，顯得很沒自信，後來則壯大了音量。

「真的不認識，我不認識她。」

男人還沒回答前，我又再次大吼：「不認識，我不認識，我說不認識！」

*

夜晚了。季節如今已完全傾向冬季那頭，風猶如被打磨過的刀，一天比一天鋒利。再過不久，彷彿要將世界對砍成一半的尖銳寒流將會來襲。整個夏季都在恐懼冬季來臨的我，此時正佇立在嚴冬的中央。

我夾在身穿黑色作業服的人群中爬上了社區。過去，我和女人經常走在這條路上，如今一切恍如隔世，無論是女人，和女人一起並肩走過的這條路，都如海市蜃樓般縹緲。我失去了現實感，將全副心思集中在走路上，除了腳底板碰擊地面的觸感，一切都像是謊言。噠、噠、噠、噠，空中響起整齊劃一的腳步聲，大家將緊張的眼神藏匿在安全帽中，繼續前行。

「前往各組位置。」

大家依照先前的教育訓練，分成兩組，將巷子團團包圍。口中呼出的白色霧氣在空中形成鮮明的雲朵狀，我動了動手指，使勁握住水管，結凍的手指變得很僵硬。我大口吸入寒風刺骨的空氣，聚精會神地盯著黑暗，準備好迎接在伸手不見五指的那頭，有伏臥在地的東西將朝我迎面撲來。一頭被憤怒包圍的猛獸在我體內咆哮，我雖不知道該如何安撫猛獸、哄牠入睡，但我再也毫無畏懼。

「這些傢伙是有備而來嘛。」

呸，有人吐了口唾沫。我抬頭仰望屋頂，看到一排結實寬闊的肩膀包圍住熊熊大火。他們在大油桶上點燃了火，正往下俯視我們這一頭。火勢忽漲忽滅，周圍有一張張籠罩在黑暗中的臉搖曳著。扣除點火處，其他地方空無一人。人群高聲吶喊口號，玻璃瓶和小石子接二連三飛了過來。每摔破一個瓶子，路面就會迸發一次亮光，我沉著地移動身體，稍微再往牆壁貼近。

不曉得在宛如蜂窩般緊密相連的單層建築物中，會不會有我和女人曾一起躺著入睡的房間。女人的臉孔並未浮現，甚至有時我工作通宵，一次都沒想起女人就過了一天。我在記憶中四處徘徊，鍥而不捨地搜尋女人的身影，卻只有和女人在一起時的我清晰可見。躺在幽暗狹小的房間，徹夜輕撫女人的胴體，輕聲呢喃說我愛她，最後卻將一切責任推到女人身上。我的種種模樣遮住了一切，於是再也看不見女人。

如今我能想起的，就只有女人那雙空洞的眼睛。她被虛無與空虛填滿的眼眸，將會浮現我大放厥詞的身影，那雙眼睛將會一字不漏地記住我在許久前說過的話。腦海中浮現了緩緩沉浸於女人深邃雙眼中的話語，想像著那些曾使平靜無波的水面搖曳蕩漾、掀起浪濤的告白，逐漸沉沒於女人深不見底的雙眸中。

曾幾何時，我相信自己能以此地為墊腳石，朝其他地方邁進，甚至天馬行空地憧憬著，只要和女人幫忙彼此、互相依靠，明天就會比今天更加美好。但在領悟那種想法有多愚蠢安逸的此刻，我羞愧得無地自容。要是起初果斷放棄一切就好了，只要滿足於此時佇立的位置，認為它就是最好的，那麼情況就不可能再惡化下去；只要萬念俱灰地想著，無論做什麼都不可能好轉，也就不會經歷朝無盡深淵墜落的挫折。

我們在等待信號。等天一亮，就會依照預告開始進行作業。我們將會衝進那個地方摧毀、砸壞一切。哪怕再微不足道的東西，我也不會放過。我如此喃喃自語。在那個空蕩蕩的房間，就算我們碰觸的物品、被體溫滲透的棉被、以體味為枕的壁紙等都留下來了，又能改變什麼？我並不相信回憶或記憶那一類的，那些就像希望或期待，既抓不著，也看不到。它們沒有實體，只能猜測它們可能在那裡。那種玩意，會使人變得興奮浮躁，最後搞砸一切。

我不會選擇任意的樂觀或倉促的悲觀，而是挺直腰桿，學習與現在對抗的方法。我會認定過去或未來這些東西壓根就不存在，掌握在此時所佇立的位置上扎根的方法，我只會去看、伸手去抓取或觸摸眼前能看到的。今天，一定要把這個地方徹底清掃乾淨。我只想著這一件事。

遠處的車站看板發出亮光。

那光芒照射到很遠的地方，猶如幽深大海上的燈塔，告訴大家車站就在那裡。在如波浪般翻湧的黑暗之中，我試著估測自己的大致位置。曾經，我相信能在明亮的燈塔下方找到路，為了能夠觸及那個地方，死命地抓住不肯放手。然而，如今我不再望著車站的燈光，而是凝視將光亮扣在手心的龐然黑暗，再也不質疑它的浩瀚無邊。

我在望不見盡頭的夜裡靜待清晨，強風發出狂亂的聲響，從窄巷呼嘯而過。我佇立在冰冷的空氣中，眨了眨發涼的眼睛，鏘鏘，有人在後頭敲打已經結凍的牆面。成排站立的人群一邊敲擊牆面，一邊高喊，牆壁彷彿隨時都會倒下，而我則壓低被弄濕的帽沿，抬頭仰望清晨到來的天空。

作者的話

創作小說的期間

我心想，曾認為很私密的事，其實都靠著某種克制力守護著。同時也想，所有的故事終究都發生在界線的內與外。假如這即是某種個人鬥爭的過程，就勢必要變得更勇敢一些。

感謝許多人的協助

如今我總算明白，為什麼在無數作者的話裡頭，總少不了「謝謝」這句話。

二〇一四年　金惠珍

導讀與推薦

導讀1／

關於行李箱或脫臼的靈魂

姜宥晶（文學評論家）

我們這些窮困的人

金惠珍的《中央站》有幾種讀法。其中之一是閱讀在後資本主義社會、自主競爭的疲勞社會中，最後失去立足之地的底層階級故事。用這種角度閱讀時，「我」會被命名為我們所熟悉的「無家者」。為了消滅一夜的時間，在中央站一帶徘徊的人；不工作，也無法工作的「Homo sacer[7]」。他，也許是展現社會經濟學一環的一種特徵。

第二，是當成熾烈的愛情故事閱讀。兩個自我拋棄的男女選擇了彼此，世上卻不樂於見到這個選擇。首先，女人的身體正逐漸走向死亡。伸出雙臂，緊緊摟抱走向死亡的軀體，他們共享彼此的愛欲，熱烈地執著在肉體上，彷彿想要抹去死亡逐步逼近的陰影。原本不打算擺脫的廣場，成了亟欲擺脫的捕鼠器，原以為是圈套，卻又可能成為自由奔放的樂園。換句話說，這是熟悉語言、秩序、規則與劃分成十二時辰的我們所無法理解的愛情，是這樣的愛情故事。

最後，是關於完全絕望的不可能性。小說中的「我」渴求徹底的絕望，將自己扔進了廣場，但在那個地方，他卻再次企盼希望——開始夢想未來。夢想未來之後，卻持續提出不可理喻的要求。時間，猶如長期積累的債務證明書，冷不防地將他逼至牆角。希望，在他耳畔誘惑呢喃，「計畫好迎接絕望豈不是更好嗎？」如此一來，這部小說就成了透過完全絕望的不可能性，訴說完全希望也同樣不可能實現的作品。在人生中，沒有我們能夠選擇的絕望或希望的分量。

無論用何種方式閱讀，金惠珍的《中央站》顯然都是以晦暗的筆觸描繪了這個時代。而正在閱讀此文的任何人，都能知曉我們此刻生活的這個時代是黑暗且愚昧的。但金惠珍行走在這片背光的幽暗處上，發掘出其動人之處，而這個感動的點就在於「人」。她告訴我們，儘管時代黑暗，人依然能夠散發光芒。

金惠珍不似其他同儕的年輕小說家，逃亡至假想虛構的時空，或藏身於可能發生的插曲之中。她並未離開此處去尋求希望，而是在此地，從價值微乎其微的人之中尋找愛。不是竭盡想像去抵達那些可能發生的抽象時空，而是在這裡，在此處。抽離想像的力量，金惠珍在向我們搭話，要我們去仔細窺探此處、此地，去發現我們那個基於惡臭、噪音與骯髒邋遢的外貌，刻意不靠近去看的世界，以及欣然在陰暗處成長的生命。此外，經過人與人的碰撞，我們能再次發現那名為愛情的悠遠土壤。

7 拉丁語，被譯為「神聖之人」，字面意為「分別之人」，出自羅馬法中的一個刑法概念。「sacer」本意指任何從社會中「分別」出來的事物，既包括「神聖」的，也包括「咒詛」的，因此被用來代指被逐出社會、剝奪一切社會和宗教權利的人。

這也是金惠珍的小說《中央站》的愛情故事何以動人的緣故。他們越是抽象、越是汙穢、卑劣得無藥可救，這則愛情故事就越能擺脫狡詐的感官世界，擄獲我們的目光。它與以六根去感知、吟味的俗世愛情相似，卻又有著天壤之別。金惠珍似乎是在訴說，愛情是能遇見另一人的唯一源頭，對人的信賴與對愛情的期待感，可以說是讓人得以承受這殘酷世界的魔法。所以，儘管金惠珍以寫實手法描寫無從希望，卻也無從絕望的世界，卻又讓那在汙穢之中發光的人屹立不搖。

世界雖是一座煉獄，作家卻從世人身上看見可能性的存在。金惠珍從中央站的無家者身上發現的不是爭吵、背叛、殺人與暴力，而是「愛」的脈絡。他們不只是去愛，而是儘管淪落至此也依然愛著。因此，他們的愛，讓人想探問的不是愛情的症狀為何，而是愛情的源頭究竟是什麼。

作家一再透過兩個主角詢問的，不是愛如何能夠存在，而是愛何時變得不可能存在。愛始終是一種跳躍，越一無所有時反倒能躍得越高，而不是坐擁一切時。法國著名詩人蘭波曾將「愛」稱為一種再發明物。「愛必須經過再發明，一如我們所熟知般。」（阿蒂爾．蘭波，〈錯亂1〉，《地獄一季》）因此，《中央站》可謂是人生的二度再發明，也是另一種人生的故事。

無所不在，卻又遍地皆無

「我」與行李箱同時現身。翻開第一頁，他拖著行李箱在尋找夜晚能就寢的角落，但書中並未說明已經過幾天了、他為什麼來這裡、現年幾歲、身高多少、體型如何，他，不過是和行李箱一同抵達中央站罷了。我們習慣性地向他拋出提問，而被稱作可能性或因果性的小說傳統也催促著，要求趕緊描繪他的形體，彷彿既然他已經登場了，我們就理當詢問關於他的事。然而，我們卻聽不到任何關於他的事。此外，他又是小說中唯一的話者，既然他沒有開口，也就沒人能告知讀者關於他的一切。至少對我們來說，過去的主人是他。

也許，他從一開始就不打算說任何事。他告訴我們的，就只有無數殘酷的現在。從小說的開頭到結束，所有文句皆是以現在式[8]收尾，沒有過去或未來，因此也沒有回憶或規畫。過去，是能夠理解他這個人的要素，卻被果敢地抹去。金惠珍僅將他當成一只行李箱般帶到讀者面前，接著便悄悄隱身其後。換句話說，他就與丟棄在你眼前的行李箱無異。

依我的推斷，中央站想必是他選擇的最後人生空間。他說，「要是人生可以恣意大把流逝，可以徹底完蛋、四分五裂就好了。（P.16）」也就是說，「我」不是為了繼續活下去，而是為了拋下能夠活下去的可能性，為了拋下機會或選擇的碎屑才來到這裡。這個中央站不必一定是首爾站或釜山站，只要是能把四分五裂的人生可能性丟下的場所即可。中央站可說是出發隨即通往結束、人生最後選擇的某種場所性本身。中央站是無空間性的空間，描繪於可以是任何地方，卻無法成為特定場所的座標上。

8 韓文文法有過去式、現在式、未來式句尾，本書在原文韓文中，均已「現在式」為句尾。

隱晦不明的抽象性，可以說是被擺在具體性座標上的日常、被擺在反面的特性，與其說它是非日常性的，稱為無日常性的東西更為恰當。來到廣場上的這些人，最先拋棄了時間與空間的概念，促使他們移動的不是幾點幾分的約定或作為目標地點的空間，而是惡臭與氣溫。儘管體味極具個性，但隨著近代化的一環，也就是自來水的普及，它迅速地從個別性的領域消失不見。由秩序、規定、約定與整潔構成的世界，是以姓名和規則來區分彼此。

然而在中央站，他們能夠區分彼此的不是那種象徵指標。他們不是以姓名，而是以表象來稱呼彼此，所以他們成了「女人」、「臭氣沖天的女人」、「鼠男」或「軍服男」。若是以職業、髮型或穿著來區別他們，很快就變得不可能，因為他們身上沒有任何文化資本或私有財產的痕跡。

《中央站》的時空與人物都是灰白不明的，車站可以是任何一個地方，同時又不能是具體的某處。在抽象與不透明的特性上，卻彰顯了《中央站》的透明性——他與廣場上的人是全然被囚禁於「現在」的人。這點反過來證明了，他們絕對不可能成為敘事性的存在。這些人沒有歷史與敘事，雖然誕生於世上，卻沒有屬於自己的故事，儘管活了大半輩子，卻沒有過去。倘若敘事是記錄過去的時間魔術，那麼他們就是徹底被囚禁於現在之網的人。他們對自身的敘事緘默，對他人的敘事也漠不關心。他們不會詢問彼此，也不會主動吐露自身的心路歷程，又經過了哪些空間。這是因為中央站這個空間，是屬於一群脫離為什麼、如何演變的因果性或合理性領域的人，因此，他們獲得允許、能夠動用的時間就只有「現在」。未來敘事無法存在的原因也是相同的，他們只是一天度過一天罷了，對他們而言，時間只會以單數到來，而不會是複數的集合。

作家金惠珍邀請「我」來到筆下虛構的空間，而他亦是我們在文學史上首次見到的敘事人物。他們雖然存在，卻猶如不存在的homo sacer，從未在敘事的世界中被賦予過發言權。因為沒有可傾吐的過去，也沒有即將來臨的未來，他們不曾被視為擁有故事或內在的敘事主體，但金惠珍將這些外在者拉進敘事的內部，向大家展現他們的人生。

他們猶如在路上與我們擦肩而過的人般，帶著抽象的樣貌在小說中登場。我們能夠呼喚他們的名稱，僅有軍服男或只穿拖鞋的女人這類的，不，我們從來沒有試圖想以具體容貌或姓名來區分他們。儘管小說讀畢之際，他們依然是姓名或過去都不得而知的他與她，卻不再只是抽象的存在。「我」成了緊抓著腹部積水的女人不放、放聲哭喊的男人，而「她」，則成了不顧一切想待在他身邊的女人，讓人不禁好奇，在廣場上度過夏季的他們，又會迎來什麼樣的冬季？沒有具體特徵，卻持續在我們的思考邊緣盤旋的這些人，就這樣留存在我們的思維中。

猶如電影《新橋戀人》中的米雪兒和阿列克斯，金惠珍小說中的「他」與「她」以強而有力的形象留了下來，而非明確的敘事。留存在我們思維的，不是他們悽慘的過去或某種故事，融化在腦海某個角落的是一種意象，是流浪度日的他們，是在最底層廝磨彼此身體的他們。到了這時，廣場已成了非特定地點、任何地方都有可能的象徵。不具時空特徵的抽象性，反倒擄獲了讀者的目光，而那抽象性，終究與名為「愛」的古老抽象詞彙接軌。兩個共享體溫、享有肌膚之親的男女，他們身處中央站這個唯有現在的再生空間，而這也是愛情的空間所具有的特徵。

無法昭告天下的愛情

故事再次回到行李箱。「我」帶著僅有的一只行李箱來到廣場。我們無法得知行李箱內裝了什麼，只知道他還保有行李箱這個所有物。或許是因為如此，「我」一方面視行李箱為寶貝，另一方面卻希望連行李箱都可以消失不見。行李箱總是對他悄聲呢喃，「再給一次機會也無妨吧？」

來到廣場的他，想拋棄的正是能夠選擇的可能性。如今他想透過不做選擇來屏除選擇的餘地，企圖丟掉自己僅存的最低權利或義務。

然而就在某一天，女人向他走來。女人以「赤腳穿拖鞋」的打扮竄入他的生活。「女人的泰半人生似乎早已底定，能改變什麼的可能性之類的已全然消失。」倘若行李箱意味著可能性，那女人則可稱為不可能的指標。抱著直喊「是因為我很冷，太冷了」、鑽入自己懷中的她，隔天睡醒卻發現行李箱不見了。但後來，她又回到行李箱原先所在之處。

儘管他去了警察局，試圖找回弄丟的行李箱，卻什麼都不能做。為了訴諸法律，他必須先是一名持有「姓名、地址」等具體資料的市民。兩人的故事始於一場交易，雖然他弄丟了行李箱，但女人說要把自己的身體「給他一次」。就這樣，女人代替行李箱，成為男人的所有物。接下來的每一夜，他擁有女人口中溫熱的氣息與肉體，同時也做了其他選擇。他曾以為行李箱是最後的一線希望，但女人讓他再次感受到未來的可能性。夜晚蹂躪、踐踏他，他卻一心渴望夜晚的到來。

倘若廣場是一個必經的人生階段，那麼愛則替他們將這個殘酷的過程打造成能夠承受的現在。萬一他是個有能力找回行李箱的人，也就不會讓她待在自己身邊了。在法律與秩序的世界中，兩人的關係屬於不倫，因為女人是有夫之婦，也有兒女，這些事實依然原封不動地記錄在家庭關係證明書上。然而在廣場上，沒有什麼能夠羈絆他們的愛情。在那裡，沒有身為某人妻子、某人母親的女人，只有腳踩拖鞋、身穿短褲的女人。

反倒是法律或秩序，成了妨礙他們愛情的絆腳石。她所擁有的最後法律地位，阻撓了她治療肉體上的疾病。她的實際身分是個無家者，但在記錄上，她是具有權利與義務的市民，因此無法獲得醫療上的優待。既然記錄上的女人沒有被抹去，她就只能如同行李箱般被拋棄。因為，她必須是沒有半名親屬的患者，才能接受治療。

很顯然的，反倒在他們一無所有、唯有兩副軀體依偎溫存的那一刻，才構成了極其幸運的空間。沒有什麼能夠失去，唯有此時此刻才重要的愛情，在他與她的身上，出現了這樣的愛情畫面。時間對他們而言也失去了意義，雖有白晝與夜晚之別，時間的座標失去了效力。到了夜晚，他們便貪婪地從彼此身上尋求慰藉，有了對方的存在，夜晚不再相同，也因此他們一心渴求夜晚到來。

完全的絕望與廣場的矛盾

廣場是唯一全然接納他們的空間，無論是家人、法律、社會福利都不願接納他們。亞里斯多德曾說，人生分成Agora與Oikos兩種。Oikos意味家庭的空間，裡頭會形成並追求被稱為個人利益的東西。倘若欲望也能形成，那麼應該將其培養在這個空間才對。

對他與她而言，所有的欲望都誕生於廣場，也消耗於廣場。或許正因如此，在他們的愛情中，不存在某個可分類於個人利益的分界點。也許他們愛得越深，損失也就越大。他們的愛情是衣不蔽體的、散發惡臭的、是無法否認肉體存在的廣場愛情故事。在他人眼中，那是一種動物本能，對他們來說，則成了兩人的專屬密語。

「所有人都知道，每晚女人和我都會交纏在一起，在翻雲覆雨之間連連發出喘息，就算有空鐵桶或寶特瓶朝我們飛來，我們也不會停止做那件事。女人和我共度的夜晚，老早就被赤裸裸地扔在燈光通明的廣場上，而我再也不去想這種事了。

「就算整天都沒吃什麼東西，女人的腹部依舊圓鼓鼓的。雖然那顆猶如懷孕般凸出的肚子看了很礙眼，但我什麼都沒有問。沒問的事還有更多，而且還在逐步增加，但女人很快就會主動開口說，她會的。我很肯定。」(P.62～P.63)

「相較於白天，女人在晚上比較多話。白天時，她幾乎不說話，靜靜地承受時間的重量，直到晚上來臨，才把徹底被揉皺的話語攤開來緩緩細讀。我閉著眼睛聆聽，女人的嗓音如音樂般從遠處傳了過來，時而又像是聽不懂的外語。話語在我耳畔繞了一圈，接著不知不覺消散在空氣中。我接收不到女人說的話，就像頻率不對的廣播，只覺得它們企圖逃離這裡。每當這時候，我就會覺得自己被推開，距離女人越來越遠。我朝著女人敞開耳朵，靜靜地伸出手，將手放在她的臉頰、手、肩膀和腹部上，彷彿想確認女人的存在般，花了一整晚的時間，觸摸她身上的每一處。」（P.68）

最顯而易見的東西，反而最難用言語表達。我們遺忘了肉體的附屬傷害，靠文明來解決肉體的感受，包括痛苦、惡臭、老化、腐敗、疾病等，盡可能延遲肉體會受到的傷害。然而，對他與她而言，愛的存在與不在，都必須透過肉體來確認。即便是靈魂的痛苦或經濟的困頓，他們也僅以肉身去抵擋承受。因此，「我」所吐露的愛之喜悅或痛苦是全然肉體性的，也是關乎現在的。以現在這個時間點來講，肉體是唯一能夠證明的。

但另一方面，由於他們的愛僅存於現在，因此他們無法宣告這份愛的存在。他們雖然相愛，但他們的相遇每天都在偶然之內發生、解體。愛情，從其根源來看，會試圖擺脫像剛開始時的偶然或偶發性，成為一種必然。在這必然之中，含有固定的偶然，亦即現在可預測的未來希望。為了夢想未來，人會從偶然的邂逅跳躍至必然的愛情，因為愛乃是促使人夢想未來、最為具體的現在。愛的宣言，亦是將偶然轉換成命運的一種過程，但他們始終只在各自的時間內暫時抓住彼此。因為已經放棄了人生，要找到愛情也就難上加難。正如法國哲學家阿蘭·巴迪歐所說，愛是人生的再發明，因此愛的再發明即是二度再發明。當他們想要再次開創未來時，痛苦即像是蓄勢待發般找上門來。他們被世界奪走的不是房子、財產、自己名下的帳簿等，而是被稱為愛的未來、可能性與希望。

他渴求徹底的絕望，來到了中央站，卻在全然的絕望面前反過來尋求希望。這是因為他碰見了人，遇見了愛情。而最後，也因愛而體認更加完美的絕望。也許他正是為了更徹底、更快速地毀滅，才會停留在四分五裂的女人身邊。

當他猶如丟下一只行李箱般，將女人丟在醫院的急診室後，他最終徹底與自身分離了。如今，他不再生活於現在，或透過肉體來感知人生的人物，而是以全然喪失人性之姿重生，最後成了位於最底層的階級。他並不是在體會愛情的同時，才體會到一個人淪落到最糟的境地的空虛；他並不是在抵達中央站的那一刻就成為最底端的階級，而是在失去行李箱與女人後才墜落於此。換句話說，愛，正是守護一個人免於墜入谷底的最後一道防護網。因為女人的存在，他才得以忍受底層人生。

最終留下的又是現在。他將女人丟在急診室，將自己僅存的一張身分證賣掉，甚至抵押了自己的未來，站在故事最後的位置上。小說是一面鏡子，映照出面目全非的世界，但作家又是從鏡子所反射出來的世界中找出希望意象的人。年輕的作家金惠珍，究竟想透過這殘酷的愛情故事展現什麼樣的未來？想必是要我們試著去關心這些未被賦予姓名的人，還有試著在我們生活的這個黑暗世界中，尋找以「像個人」的方式留下來的可能性，以及盼望著，仍有一束光芒，留給佇立在絕望盡頭的他。

大驅離下，無家者的愛與懼

盧郁佳（作家）

臺北車站的候車大廳二〇一一年改建後，長椅盡撤，人群席地而坐。今年初，交通部臺灣鐵路管理局禁止席地而坐及群聚，疫情趨緩後宣布永不開放，雖政策在輿論反彈後撤回，但原先既打算在疫後仍繼續，就表示禁令無關肺炎，另有目的。

四月，臺北車站有貓藏身通風管，站方立告示牌「愛牠就不要打擾牠，本站每年這段時間固定會有一隻母貓回來生產，請不要餵食或圍觀，以免驚擾到小貓，感謝您的配合」，交通部長林佳龍臉書發文說母貓來生產已第五年，新聞稱「暖哭」網友。

對照南韓作家金惠珍的小說《中央站》，車站說為省電，不開冷氣，悶熱到街友待不住。在原本街友過夜的廣場上鬮建投射燈噴水池，搭舞臺、音響辦活動，吸引人潮聚集。原本街友夜間鋪紙箱睡覺的地方，擺上自動販賣機、大型廣告物，車站明裡變得嶄新華麗高科技，暗裡對街友各種開罰，縉紳化不著痕跡、步步進逼，街友就絕跡於車站了。

*

故事開場，夏夜裡一個青年孤身提了行李箱，在車站的街友叢中找地方過夜。雖然橫跨鐵路的天橋充滿震動、噪音、尿騷味，橋面被晒得滾燙又扎人，他失眠難受，卻不肯換到相形舒適的地下道或廣場，因為他覺得，去了就變街友，他的自尊不容許這麼做。有一次，老婦向他乞討燒酒，他樂於施捨，因為他覺得，不乞討就證明他不是街友。

其實他在精神上比老婦更無餘裕，老婦至少有信心求助和接受幫助，但就連社工遞來幾張濕巾，青年也怕，只能說成「借用」，勉強接過，在公廁用來潦草擦澡，知道自己是還不起的。寥寥幾筆已點出他內心的山窮水盡，喪家之犬連濕巾都還不起。因為還不起，所以收不起，那麼金錢會怎樣傷害他？愛情又會造成多大的傷害？

男主角說：「人生，就像是不聽話的孩子，任意哭鬧完了，等到我打算就此放棄，又會淚眼婆娑地抬頭望著我。再給一次機會也無妨吧？那麼，我的後腦杓又必然會被狠狠敲上一記，像這樣被驅逐出來。這一次必須不同，我什麼都不會做，再也不給任何機會了。」

女主角說：「覺得已經置身谷底了吧？不，地面根本就不存在。就在你以為抵達地面的那一刻，又會再次朝無底深淵墮落。」

經過一連串震撼教育，他逐漸習慣了在街頭過低限度生活，得到女街友的溫暖相伴，讓他開始害怕會失去她，每次她暫時離開，他都陷入焦慮，在她回來後攻擊她；她也同樣害怕失去他，總說彼此都是過客，只是取暖，無愛可言，說他認真工作一定是想拋棄她。這更擊潰了他。雖置身地獄，他倆卻燃起希望。雖然希望永遠相守，卻互相傷害。

情侶陷入了僵局，與其解決，小說寧可把拚命要解套的主角丟進更大規模的僵局。他為了給女友一個家，受雇當建商打手，驅逐釘子戶。

至此，作者金惠珍以卓越的敏銳，把「車站驅逐街友」和「拆遷驅逐住戶」等量齊觀，暴露帝國腐敗全景的縱深。在臺灣，從苗栗大埔事件，到南鐵東移強拆民宅，政府一直浮濫徵收，搶劫人民土地，賤賣給建商財團。羅伯．庫斯曼教授的著作《超額徵收》，便揭穿，英、美早已嚴禁這種不義徵收。政大教授徐世榮也指出，臺灣法令卻擴大允許政府濫權，「每個土地所有權人都逃不了區段徵收的魔掌」，一如《中央站》所曝光的事實。小說這番驚人轉折，徹底改變街友的意義，不再是無家者被逐出車站，而是每個有家者都隨時可能被逐出自己的家園。

*

主角青年也想脫離車站街友生涯，想租屋過安定的生活，但整個宇宙聯合起來把他趕回車站。第一個因素，是政府偏袒資方，導致窮人、勞工的談判弱勢。派遣的老闆出事就推給底層打工者、薪水都不夠賠。一如臺灣，貨運或客運駕駛薪資少、獎金多，導致過勞危險駕駛，而撞死人就要司機賠。乃至街友互相扒竊、性剝削，街友驅逐釘子戶，車站商店驅逐攤販，都是集體大驅離的冰山一角。表面上弱弱相殘，被迫競爭，證明自己最狠毒、最卑賤的人才能活下來；實際上，是政商財團利用弱者，迫使他們自己剝削自己，交換急需的資源。

第二個因素，是受創的情緒痛苦會無限迴圈、強迫重演，摧毀他生活的能力。書中的街友脫離街頭後，卻在租屋或住院的夜裡，獨自承受黑暗寂寥勾起的恐慌，最後亡命般逃回街頭，與街友席地而坐，拿房租換酒，酗酒止痛，無法自拔。乍看出於生存的不安，街友成了相濡以沫的共同體，然而社工姜組長卻說：街友離不開街頭，不是因為窮，而是太敬畏錢。自認無法擁有錢那麼偉大的東西，一有了錢就不知如何是好。

地產霸權的掠奪，在此顯出它真正殘酷的餘震。原來，你從一個人身上奪走他可以棲身的家屋，影響不是他沒有地方睡，而是在任何地方他都睡不著。就算租屋有片瓦遮頭，他仍生怕再被趕走；就算有伴侶可以長夜相擁，也無法相信天亮醒來對方是否還在身邊；就算有工作可以掙錢，也守不住血汗錢。

金錢也好，信任也好，愛情也好。只要你從他身上奪走一次，接下來的一千次，他都會自己剝奪自己。無論他有多努力爭取這一切，到手後必定一再失去。絕望中的耽戀有多溫柔纏綿，只有親讀沉浸才能體會。而讀完後從外向內看，這是個受厄運與猜忌襲擊的悲戀故事，外面是被政績門面、財團炒房不斷驅離的本國難民流亡故事，內面是資本主義製造精神病的公衛瘟疫。每個意外轉折都像一根尖釘，從表面穿透多層意義，牢牢釘進核心。

＊

一開始，青年必須靠憤怒防衛，避免別人來挑釁；他得靠憤怒，才能興師問罪；靠憤怒，痛毆覬覦或只是想調停的街友；靠憤怒擺脫愛人。有一段情節，是他在待拆的廢墟恐嚇住戶，遇到一個女人抱著哭鬧的嬰兒躲在屋內。被逼出來後，女人先是凶巴巴地發脾氣，然後求情，最後哀求。這畫面椎心刺骨，小說沒說，但讀者知道，青年在那女人身上看到了自己，靠憤怒虛張聲勢，想嚇退掠奪者。憤怒底下是恐懼戰慄、悲哀無助，是他對自己的真正感受。

金惠珍的另一部作品《關於女兒》，把保守母親對女兒同志伴侶的憤恨，對左派女兒的恨鐵不成鋼，寫到了深處。《中央站》則把青年同樣既熱烈又惡劣、不由自主的情感需索，寫到了深處。那悲傷像船艙外看不見的海洋，隔牆隨時搖晃著兩個人的世界，誰也止不住天地動盪。

＊

被趕出家園，即是被趕出自身之外。外人看不見的自我驅逐的過程，作者寫了出來。讀者看完，會霍然驚覺，自己退到了界外而不自知。

二〇一一年，臺北市議員應曉薇要清潔隊深夜在萬華艋舺公園噴水趕街友，質詢「大範圍執行清潔工作，絕對是在用智慧的方式解決遊民問題」，要求「告訴執行作業的同仁，不能只灑外面，誰往遊民身上灑，就撥獎金，因為這些遊民真的太糟糕了！重點是這些人惡劣到極點……大部分都是好逸惡勞的人聚集在該處當遊民，製造髒亂。貴處只要決定用水管向遊民噴水，全萬華區居民都會感激你。」

習於這種言論後，我們很難發現，坐在臺北車站的地板上並不是堅守權利，而是接受驅逐，因為我們沒人會想到，要討回長椅。

推薦文／

感受到「活著」——寫出無家者的心靈狀態

徐敏雄（臺灣夢想城鄉營造協會理事長）

近年來，臺灣陸續出版了一些以無家者為主題的故事，但南韓作家金惠珍的小說《中央站》，則不同於過往描寫真實世界的故事，而是透過「不具姓名」的無家者，描繪出他們的生活樣態，邀請讀者進入不同時空的角色關係，更細膩地去感同身受無家者在每一個時刻的心靈狀態。

當我閱讀這個故事，特別是進入那些令我難堪、恐懼，甚至想自我放棄的段落，我除了感受到無家者在毫無屏障的開放狀態下，獨自面對各種非預期傷害的極大徬徨，也可以覺察到他們無時無刻都在調和內在複雜的情緒與價值觀，進而做出一個又一個重要抉擇，並承擔一切決定的大小後果。

在這些自主判斷和承擔責任的「命運攸關的時刻」，讓我更清楚感受到他們是「活著的」，他們不是依循著如迴轉壽司的火車軌道在盲目鑽營，而是願意做出重要抉擇的「人」，這樣的形象，深深地烙印在我的心板上。

我也相信，當每一個讀者閱讀這本書時，也透過作者「不具姓名」的巧思去返回自己，去思考未來當自己遭逢類似處境時，將如何重新賦予這些人事物新的意義，包括最真實的自己。

女兒即將面對、而我無法看見的世界會是何種模樣
會比現在更美好嗎——會比現在，更煎熬嗎？

關於女兒

金惠珍—著　簡郁璇—譯

- 榮獲第 36 屆「申東曄文學獎」
- 《中央日報》、《東亞日報》、《韓民族日報》、國立中央圖書館員推薦好書
- Yes24 網路書店 2017「文學作家選定的今年之書」、「文學採購喜愛的今年之書」
- 教保文庫 2017「推薦小說家 50 人」、「書店店員喜愛的小說」第 2 名

從我血肉中誕生的孩子，成為心靈最疏離的陌生人，
生而為家人，會有理解另一個家人的可能嗎？

以「我」為敘事者的母親，一生都為女兒而活，對女兒抱有許多期盼。女兒卻認為母親從不聆聽自己，更帶回同志伴侶，迫使母親面對從未正視過的性傾向議題。而母親在療養院照顧的珍羅患失智症，成為沒有人願意負責的包袱，在珍的身上，母親彷彿看到老後將孤獨走向死亡的自己。

作者金惠珍以常被孩子埋怨「什麼都不明白」的母親眼光，描繪出社會對老人、對同志，以及對任何不理解的事物的歧視與排擠，揭開女性至今仍持續面臨的惡意。

本書中，母親與她照顧的老人，女兒與她的伴侶，世代的差異在一個家庭裡交會，在碰撞中看見彼此的難題。即便各自的迷惘與恐懼持續如影隨形，仍嘗試向對方伸出手，一同等待理解的那一天到來。

中央站／金惠珍（김혜진）著・簡郁璇 譯 . -- 初版 . – 臺北市：時報文化，2020.10；面；14.8╳21 公分 .
--（STORY：037）
譯自：중앙역
ISBN 978-957-13-8347-7（平裝）

862.57 109012463

ISBN 978-957-13-8347-7
Printed in Taiwan

※ 本書獲得韓國文學翻譯院 (LTI Korea) 之出版補助。
This book is published with the support of the
Literature Translation Institute of Korea (LTI Korea).

STORY 037

中央站

중앙역

作者 金惠珍 ｜ **譯者** 簡郁璇 ｜ **主編** 陳信宏 ｜ **副主編** 尹蘊雯 ｜ **執行企畫** 吳美瑤 ｜ **封面設計** 吳佳璘 ｜ **編輯總監** 蘇清霖 ｜ **董事長** 趙政岷 ｜ **出版者** 時報文化出版企業股份有限公司 108019 臺北市和平西路三段 240 號 3 樓 發行專線─(02)2306-6842 讀者服務專線─0800-231-705・(02)2304-7103 讀者服務傳真─(02)2304-6858 郵撥─19344724 時報文化出版公司 信箱─10899 臺北華江橋郵局第 99 信箱 時報悅讀網─www.readingtimes.com.tw 電子郵件信箱─newlife@readingtimes.com.tw 時報出版愛讀者─www.facebook.com/readingtimes.2 ｜ **法律顧問** 理律法律事務所 陳長文律師、李念祖律師 ｜ **印刷** 紘億印刷有限公司 ｜ **初版一刷** 2020 年 10 月 16 日 ｜ **定價** 新臺幣 390 元 ｜（缺頁或破損的書，請寄回更換）

時報文化出版公司成立於 1975 年，1999 年股票上櫃公開發行，2008 年脫離中時集團非屬旺中，
以「尊重智慧與創意的文化事業」為信念。